JN319147

二見文庫

人妻遊園地

橘　真児

目次

人妻遊園地

第一章　寂しい遊園地

1

心躍るはずの陽気なマーチが、妙に虚ろに響く。平日でお客の少ない遊園地のもの寂しい雰囲気が、そんなふうに感じさせるのか。それとも、自らの満たされない心境ゆえなのか。

「はあ……」

ベンチに腰掛けた藪野圭一《やぶのけいいち》は、大きなため息をついた。それから、ちょっと気になって周囲を見回す。いかにも落ち込んでいますというところを、誰かに見られたのではないかと気になったのだ。

しかし、幸いにも、誰の視線もこちらには向いていなかった。

（まあ、見られてなくたって、みっともいいものじゃないな……）

三十五歳といい年をした男が、平日にひとりで遊園地に来ているだけでも、奇異に映るだろう。普通の勤め人なら、働いている時間なのだから。

あいにく圭一は、勤め人ではない。そして、自営業でもない。ストレートに表現すれば、無職ということになる。

しかしながら、ほんの先月まで、彼はサラリーマンだったのである。職を失ったのは、会社が倒産したからだ。

それはたしかにショックな出来事だったけれど、圭一は他の同僚ほどにはうろたえなかった。また、これからの生活に不安を感じることもなかった。

なぜなら、一年前に、もっと悲しくてつらいことを経験していたからだ。

「パパー」

愛らしい声が聞こえてドキッとする。そちらを見ると、就学前らしき幼女が、父親のあとを追っていた。

(パパか……)

胸がチクッと痛む。

圭一にも娘がいる。今年、小学二年生になった。

しかし、現在は一緒に暮らしていない。

一年前、彼は離婚したのである。娘は妻と暮らすことになり、離れ離れになってしまったのだ。

離婚の原因は、たとえば圭一が浮気をしたとか、妻が他の男を好きになったとか、そういうドロドロしたものがあったわけではない。有り体に言えば、夫婦関係が冷え切ったからということになろう。

もっとも、圭一のほうは、妻が嫌いになったわけでもない。また、特に愛情が冷めたとも感じていなかった。

ただ、娘が生まれたあと、夜の営みが減ったことは事実だ。

これも、妻が急に老け込んだり、あるいは体型が激変したりなどして、魅力がなくなったからではない。単に母親になったことで妻として、いや、ひとりの女として見られなくなったのだ。

妻子のいる友人に話を聞くと、程度の差はあれ、子供ができるとセックスレスになる傾向があるようだ。そのあたりのことは、妻だって友人なりメディアなりから情報を得て、わかっていたはず。性生活の不満が原因で、彼女が自分に愛想を尽かしたわけではあるまい。

おそらく、妻が求めていたのは肉体的な交わりではなく、心情的な繋がりだったのだろう。

『あなたはもう、わたしのことなんて愛していないんでしょ？』

離婚を切り出されたとき、妻から涙目で問いかけられ、圭一は即座に否定することができなかった。絶句して、何も言葉が出てこなかったのだ。

結婚して十年にも満たなかったのに、愛の言葉などずっと交わしていなかった。もともと気持ちを口に出すことが苦手だったし、まして男が愛してるなんて告げるのは、気恥ずかしいという意識があったのは確かだ。そのため、交際期間中を除けば、愛しているだとか好きだとか、ほとんど告げたことはなかった。

いや、言葉に出さずとも、手を握ったり抱擁したりといったスキンシップで、大切に思っていることは伝えられたはず。だが、それも長女の出産以降は、めっきり少なくなったのは事実。

とは言え、責任をこちらにすべて押しつけられるのは心外だ。

そもそも子育て優先で、夫が二の次になったのは、妻も同じなのである。彼女が苦労しているのはわかったから、圭一もなるべく家事を協力したし、余計な負担をかけないよう、自分のことは自分でするように心がけた。

子供が幼稚園に入り、四六時中見ていなくてもよくなった頃から、圭一は家庭よりも仕事を優先させることが多くなった。キャリアを積んだことで任される業務が増え、やり甲斐を感じるようになったのが第一の理由である。加えて、子供が大きくなればお金がかかるようになる。今は賃貸マンションだが、いずれはマイホームを手に入れたい気持ちもあった。

とにかく自分のため、それから家族のためにと、がむしゃらに働いた。かと言って、仕事ばかりで家庭を顧みなかったわけではない。休日には子供の相手をし、一緒に遊んだり、どこかへ連れていったりと、家族サービスも怠らなかったつもりだ。

それこそ、この遊園地にも、よく遊びに来たのである。

（……ったく、おれのどこがいけないっていうんだよ）

一年前のことを思い返し、圭一は憤りがぶり返すのを覚えた。時間が経っても、いや、時間が経つほどに、納得できないという思いが強まった。

おそらく、娘に会えないつらさと寂しさが募るからだ。

女の子は、特に小さい頃は、男親になつくものらしい。圭一の娘も、御多分に洩れずパパっ子だった。

お風呂に入るときも、それから寝るときも、彼女はパパと一緒がいいと甘えてきた。そんなときには、たとえ仕事で疲れていても、圭一は愛娘に付き合った。

容姿は父親似で、いたって普通の、十人並みの顔立ちだったが、それでも可愛くてたまらなかった。

なのに、どうして離れ離れにならなければならないのか。

『パパはみーちゃんのこと、きらいなの？』

離婚が決まり、これから別れて暮らすんだよと話したとき、娘は泣きそうになって訊ねた。圭一は胸が張り裂けそうになりながらも、そんなことはないと懸命に説明した。

正直なところ、愛してないでしょうとまで言われたら、離婚はやむを得なかったであろう。圭一は早い段階で、妻との関係修復を諦めた。

ただ、子供の親権は自分に置きたかった。そう願う一方で、それが無理であることも重々承知していた。

仕事をしながら子育てができるほど器用でないことは、自分でも嫌というほどわかっている。それに、娘の幸せを考えても、引き取るべきではないと思えたのだ。

現在、娘は妻の実家にいる。北関東の田舎で、決して遠くない場所だ。離婚後も自由に会えるという約束は取り付けている。

だが、別れた妻の実家を気安く訪問できるほど、圭一は神経が太くない。おそらく、向こうもそうとわかっていたから、いつでも会えるなんて約束ができたのだ。

これなら、週に一度とか月に一度とかの制限を与えられても、会える場所を設定してもらったほうが、まだ気楽だったに違いない。離婚して以来、圭一は一度も娘の顔を見ていなかった。

最初の頃は、毎週のように娘から電話があった。会いに来てほしいとせがまれ、それに生返事をしているうちに、電話の回数がめっきり減った。

ここ一カ月は、何の音沙汰もない。まあ、会社がつぶれて無職になったこともあり、情けなくて話をする心境にはならなかったが。

元妻の両親は還暦前で、農業を手広くやっている。ひとに貸している田畑もあるようで、実入りは充分すぎるほどあるようだ。

おかげで、妻は就職せずに、家の手伝いをしているらしい。圭一も養育費など求められなかった。これは条件を簡単にすることで、すぐにでも離婚したかったためもあったようだ。

田舎の裕福な広い家で、祖父母にも可愛がられて、娘はきっと満たされた毎日を送っているとだろう。だから連絡が減ったのだ。

いずれは父親のことなど、忘れてしまうのではないか。そんなことを考えると悲しくてやりきれないけれど、今さらどうすることもできない。それに、無職になってうらぶれた姿など、見られたくはなかった。

ますます我が子との距離が遠のくのを感じ、やるせなさが募る。だからこそ、こうして思い出の遊園地を訪れ、女々しく思い出にひたっていたのだ。

(あの頃は、あんなに楽しかったのに……)

娘と手を繋ぎ、次はどれに乗ろうかと、気持ちを浮き立たせていた。そんな場面を脳裏に蘇《よみがえ》らせるだけで、瞼の裏が熱くなる。

(もしかしたら、そういうのも、あいつには我慢ならなかったのかもしれないな)

圭一はふと思った。休みのときでも娘の相手をするばかりで、妻のことなどほったらかしだったのだ。この遊園地でも、荷物はすべて妻まかせで、圭一はずっと我が子と楽しんでいた。

そのため、娘に夫を取られた心境になったのではないか。

(つまり、自分の子供に嫉妬してたってことか?)

だとしたら大人げないと、圭一はあきれた。離婚したのも、夫と娘を引き離すことが目的だったのではあるまいか。

正直なところ、妻には未練などない。圭一にとっては離婚そのものより、最愛の娘と離されたことのほうが遥かにつらかった。

そのため、独りになってからは、すっかり腑抜けのようになり、仕事への意欲も失せてしまった。いや、腑抜けどころか、抜け殻に等しかったかもしれない。

あれだけ仕事熱心だったのに、突然変わってしまったのである。同僚たちは、離婚したせいだと受け止めたようだ。上司からは見かねたらしく注意され、叱責されることもあったけれど、圭一が気持ちを改めることはなかった。

とは言え、そのせいで会社がつぶれたわけではない。増益を見込んで設備投資にかなりの額を回したところ、それに見合った業績を上げられず、資金繰りが悪化したためである。ほとんどあれよあれよという間の出来事であった。

だが、ほとんど自暴自棄になっていた圭一は、倒産という事態にもうろたえずにすんだ。それすらも、どうでもいいと感じていたのだ。

さりとて、このまま何もせずにいていいはずがない。

いっそ妻に頼んで、彼女の実家の農家で、住み込みで雇ってもらおうか。そんな考えも頭をもたげる。そうすれば、娘とも一緒にいられるのだから。

元夫に頼まれれば、妻も嫌とは言えないだろう。しかし、使用人の立場で娘と再会するのは、あまりに惨めだ。さすがにプライドが許さない。

そこまで考えたとき、目の前を仲睦まじげな親子連れが通り過ぎる。父親と手を繋いだ幼い女の子を見て、圭一は唇を噛んだ。

「転ぶなよ」

娘に声をかけた父親は、いかにも堂々として風格があった。

単純に体格だけなら、圭一のほうが勝っている。けれど、ベンチに腰掛けて背中を丸めた姿は、いかにも弱々しくて頼りない。

かつての自分も、あの父親のように堂々としていたはずなのだ。それが、今やすっかり落ちぶれてしまった。

こんな状態で、子供を守れるはずがないではないか。

（あの子の父親でいたいのなら、しっかりしなくちゃいけないんだ……ひとに頼らず、自分の力で何とかしなければ）

でないと、娘に合わせる顔がない。パパと呼ばれる資格もないのだ。

（よし。明日は仕事を見つけよう）

会社が倒産したあと、何度か職業斡旋所に出向いたのである。ところが、やる気が充分でない上に選り好みをしたため、これというものが見つからなかった。

しかし、この際贅沢は言っていられない。

アルバイトでもいいから、まずはお金を稼ぐ必要がある。腑抜けた自分から卒業し、やりたいことをしっかり見据えて就職しよう。

離婚から一年も経って、ようやく再出発の気持ちになる。時間がかかってしまったが、とにかく変わらなければいけない。

(頑張らなくちゃ——)

自らに発破をかけ、圭一はベンチから立ちあがった。すっかり生まれ変わったような気分で。

(ここへ来てよかったな)

思い出にひたるつもりだったのだが、おかげで今の自分に足りないものがわかった。そして、意欲も湧いている。

見慣れたはずの景色が、これまで以上に明るく輝いて見えた。

2

ここキッディーランドは、郊外の丘陵地帯にある遊園地だ。周囲ばかりでなく、園内にも緑が豊富である。

だいたい遊園地というと大手企業が出資したり、有名なキャラクターや、それを管理する会社や団体とのタイアップがあったりするものだが、キッディーランドにはそういう屋台骨を支えるものがない。敷地こそ広いものの、ごくごくマイナーな遊園地だった。

そのため地味ではあったものの、俗っぽくもなかった。商業主義に踊らされることなく、安心して楽しめる良心的な遊戯施設とも言えよう。入場料金もお手頃で、地元のひとびとから愛されていた。

ただ、さすがに平日は入場者も少ない。子供たちは就学前の幼児が中心で、一緒にいる親も両親そろってではなく、母親のみという親子連れがほとんどだ。たまに見かける父親は、おそらく自営業だろう。

他に、暇そうな大学生らしきカップルの姿もある。けれど、三十過ぎの男がひとりでというのは、圭一ぐらいであった。

おかげで肩身が狭かったのは否めない。

（もう帰ろうかな……）

思い出には充分にひたったし、今後の人生の道筋も見えた。今日はこのぐらいでいいのではないか。

しかし、せっかく入場料金を払ったのだ。すぐに帰るのはもったいないと、貧乏性が頭をもたげる。さすがにひとりで乗り物を利用しようとは思わないが、散歩するぐらいならかまうまい。

考えて、圭一はもうしばらくここにいることにした。

空腹を覚えたので、まずはフードコーナーでラーメンを食べる。それから足の向くままに、園内をブラブラと歩き回った。

最初は、運動不足だったからちょうどいいなと、足取りも軽かった。ところが、晴天のポカポカ陽気だったために、次第に汗ばんでくる。

圭一は、ポロシャツの上に着ていたサマーニットを脱いだ。袖を腰に回し、お腹のところで結ぶ。見ると、そこらにいる子供連れの母親たちも、上着を脱いで軽装になっていた。

（若いお母さんが多いな……）

晩婚と高齢出産が当たり前の御時世ながら、ここにいる半数以上は二十代と思しき、おしゃれでスマートなママたちだ。茶髪も多いが、べつにヤンキーふうではない。

歩き回って疲れたのでベンチに腰掛け、圭一は目の前を通る子連れママたちをそれとなく観察した。密かに胸を高鳴らせながら。

べつにナンパするつもりなどなかった。何しろ、離婚したせいで軽い女性不信に陥り、異性への関心も薄れていたのだから。

だが、頑張ろうと決意したことで、どうやら牡の本能が蘇ったらしい。セックスはおろか、オナニーの回数もめっきり減っていた反動からか、視線もいくらかギラついていたようだ。

薄着でショルダーバッグを斜めがけにした、若い母親が通りかかる。からだつきはスリムながら、かなりの巨乳だ。たわわなふくらみが、谷間を縦断するバッグの肩紐で強調され、着衣なのにセクシーなことこの上ない。

（いいおっぱいだなあ）

さぞ揉み甲斐があるだろうと、つい卑猥な想像をしてしまう。ブリーフの中で、分身がムクムクと容積を増した。

また、ぴったりしたパンツやジーンズを穿いた母親もいて、熟れた丸みがぷりぷりとはずむのにも目を奪われる。圭一はしばらくのあいだ、それら着衣のエロティシズムに惹き込まれ、口を半開きにして見とれていた。

我に返ったのは、そんな状態が二十分近くも続いてからであった。

（――て、何をやってるんだよ!?）

自らにツッコミを入れ、大きくかぶりを振る。股間にみっともないテントができていたことに気づくと、腰に巻いていたニットをそれとなくはずし、膝の上にのせて誤魔化した。

（まったく……ここまで女に飢えているのか？）

べつに禁欲していたわけではない。何もする気が起こらなかっただけなのだ。けれど、それは感情のみの話で、肉体はセックスや射精を求めていたのかもしれない。まだ三十代の、健康な男なのだから。

最後にオナニーをしたのはいつだったかなと考えていると、幼い少女をつれた母親が通りかかる。あるいは十代で産んだのではないかと思えるほど、若くて綺麗なお母さんだ。

娘も母親似らしく、愛らしい面立ちである。ただ、不機嫌そうにしかめっ面をこしらえていた。

(何かあったのかな?)

気になって観察していると、前を通り過ぎたところで、いきなり幼女がしゃがみ込んだ。

「ちょっと、どうしたのよ?」

若いママが声をかける。

「ジェットコースターにのりたいの」

娘が地面を見つめたまま主張する。目に涙が溜まっていた。

「しょうがないでしょ。身長が足りなかったんだから」

母親が苛立った口調で告げるのを聞いて、圭一は何があったのか理解した。

(ああ、そうか。ジェットコースターに乗ろうとしたのに、スタッフから断られたんだな)

しかし、彼女は納得がいかなかったのだろう。

「でも、のりたいの」

「乗りたくても、ダメなものはダメなの」

「ダメでものりたいの」

駄々をこねる娘の前に、母親がしゃがみ込む。それを見て、圭一は心臓を音高く鳴らした。

ジーンズが包む丸まるとしたヒップが、こちらに向けられている。それだけでも充分すぎるほどセクシーなのに、かなりローライズなものだから、ピンク色のパンティがウエストのところからはみ出したのだ。

ほんのおとなしいチラリズムなのに、妙に煽情的である。エロティックな要素など皆無な、健全な遊園地にいるため、かえって生々しく感じたようだ。

圭一はつい、まじまじと見つめてしまった。かぶせたサマーニットが盛りあがるほど、分身が猛っているのも気づかずに。

「ちょっとよろしいですか？」

いきなり声をかけられ、圭一は心臓が止まるかと思った。

「え——」

焦ってそちらを向くと、グレーのパンツスーツ姿の女性だった。

年は自分と同じぐらい、三十代の半ばというところではないか。セミロングの艶やかな黒髪と品のある微笑が、大人の女の落ち着きと色気を醸し出している。実に魅力的なひとだ。

そのため、圭一は訳がわからぬまま見とれてしまった。

「突然申し訳ありません。わたくし、当キッディーランドのマネージャーで、時《とき》田《た》と申します」

名乗られて、首に掛かった写真入りの身分証に気がつく。そこには〈時田真知《まち》子《こ》〉とフルネームが印字されていた。

「あ、ああ、どうも」

圭一がオドオドしてしまったのは、若い母親のパンチラに見とれていた後ろめたさからだ。けれど、真知子は特に不審がることなく、上品な笑顔のままであった。

「実は、わたくしどもは現在、お客様へのサービス向上と、より皆様に楽しんでいただける遊園地を目指して、聞き取りによるアンケート調査を実施しております。そこで、もしもお時間をいただけるのでしたら、ご協力をお願いしたいのですが」

「アンケート……ですか？　だったら、おれ――僕なんかよりも、子供たちや親子連れの方に話を聞いたほうがいいと思いますけど」

「ええ、もちろんそれらの方々にも調査を実施しておりますが、やはりあらゆる年代の方のご意見を伺いたいものですから。それで、ご協力いただけた方には、入場割引券などの粗品もご用意しておりますので、是非お願いいたします」

娘と離れ離れの今は、割引券などもらっても使いようがない。なのに、依頼を受ける気になったのは暇だったのと、やはり後ろめたさがあったからだ。子連れママに劣情の視線を向けた罪悪感を、アンケートに協力することで打ち消そうとしたのである。

「わかりました。僕でよかったら」

「ありがとうございます。では、お部屋を用意してありますので、わたくしといっしょに来ていただけますでしょうか」

他の入園客が通る場所であれこれ訊かれるよりは、落ち着いて答えられる場所のほうがいい。圭一は素直に真知子のあとをついて行った。

招かれたところは、入場券売り場の裏手にある建物だった。二階建てのコンクリート造りで、どうやら遊園地の管理棟のようである。

そこに入り、通されたのは四畳半もないような狭い部屋だった。スチールデスクとパイプ椅子が二脚あるだけで、アンケートをとるために用意した場所なのだろうか。

（何だか刑事ドラマの取調室みたいだな……）

まあ、聴取されることに変わりはないのだが。

先に中で待っていると、ファイルを抱えた女性マネージャーが現れる。ペットボトルのお茶も二本持っており、ひとつを「どうぞ」と圭一に手渡した。

「あ、どうもすみません」

「いえ。それでは、そちらの椅子に腰掛けていただけますか？」

「はい」

部屋の奥側、窓を背にしてパイプ椅子に腰かける。スチールデスクを挟んで、真知子と向き合うかたちだ。

狭い部屋にふたりっきりということで、さすがに緊張してくる。そんな内心を察したのだろうか、彼女が安心させるように優しい微笑を浮かべた。

「では、さっそくアンケートを取らせていただきます。ええと、もしもさしつかえなければ、お名前を教えていただけませんでしょうか。苗字だけでかまいませんので」

「ああ、藪野です。ヤブは藪医者の藪で――」

普段の自己紹介のクセが出て、言わなくてもいいことまで口にしてしまう。

「藪野様……」

真知子がボールペンを走らせる。アンケートと言うから、決まった項目があるのかと思えば、その用紙はただ罫線が引かれているだけで、何も書かれていなかった。

(質問することは、全部頭に入ってるのかな?)

あるいは、お客の年代によって内容が異なるのか。

「これもよろしかったらで結構なんですけど、お年も答えていただけますでしょうか」

「三十五歳です」

隠すことでもないので、正直に答える。すると、真知子がニコッと笑った。

「じゃあ、わたしがひとつお姉さんなんですね」

屈託なくそんなことを言ったのは、気持ちをほぐして答えやすくするためだろう。事実、圭一は緊張がすっと消えるのを感じた。

(そうか。時田さんは三十六歳か)

同い年ぐらいだろうという見立ては当たっていた。そのとき初めて、彼女の左手の薬指に光る銀色のリングに気がつく。

（結婚してるんだな）

滲み出る色っぽさは、人妻ゆえなのか。こんなチャーミングな奥さんのいる旦那が、つくづく羨《うらや》ましくなる。離婚して独り身になったから、尚さらに。

「本日は、おひとり様でのご来園なんですか？」

「はい、そうです」

「チケットは入場のみのものと、一日フリーパスとございますが、本日はどちらを購入されましたか？」

「入場券のほうです」

「入場されたのは、何時頃でしたでしょうか？」

「正確にはわかりませんが、お昼前でした」

「そうしますと、入場されてからだいたい二時間ぐらい経ちますでしょうか」

「そうですね」

「その間に、何かアトラクションはご利用なさいましたか？」

この質問に、圭一は眉をひそめた。もちろん、何も乗っていないのだが、では何をしていたのかと問われたら、答えようがなかったからである。

それでも、嘘はつけない性格なので、「いえ、何も」と答える。

「では、ゲームコーナーなどを利用されましたか?」

「いいえ。フードコートでラーメンを食べたぐらいです」

「そうしますと、当園へはどのような目的でいらっしゃったのでしょうか?」

ストレートな問いかけに、言葉が出てこなくなる。離婚して離れ離れになった娘との思い出にひたるためだなんて、恥ずかしくて答えられない。さすがに口には出さないだろうが、女々しい男だと嘲《あざけ》られるに違いないのだ。

すると、真知子が質問を変える。

「当園に来られたのは初めてですか?」

「いいえ、以前にも何度か」

「そのときも、おひとりだったんですか?」

これにも返答に窮する。妻子と一緒だったと答えたら、では、どうして今日はひとりなのかと、さらに問われる可能性があった。それで離婚したことがわかったら、いい年して思い出にひたる、センチメンタルな男であることまでバレてしまう。

(こんなアンケート、受けるんじゃなかったな……)

断ればよかったと、後悔したところで遅すぎる。だいたい、大したことも答えていないし、少しも役に立っていないではないか。

かえって時間を無駄にしてしまったことを申し訳なく思ったとき、真知子がいきなりファイルを閉じたものだからドキッとする。これでは埒が明かないと、怒らせてしまったのかと思ったのだ。

実際、彼女はそれまでの優しい笑顔が嘘のように、表情を険しくさせていた。

「やっぱりそうだったんですね」

「え？」

「最初から下着を覗き見るつもりで、ここに通っていたんですね」

断定され、圭一は激しく動揺した。若い母親のパンチラに見とれていたことが、まさかバレていたなんて。

（それじゃあ、最初からそのことを咎めるつもりで、おれをここへ連れてきたのか！）

アンケートは、単なる口実だったのだ。魅力的な母親たちにいやらしい視線を向けていたのを、ずっと怪しまれていたのかもしれない。

「たしかに、入場料を払っていただければお客様ですけど、そんな邪《よこしま》な気持ちで来られるのは、わたしどもとしてはとても困るんです。そういう方がいるとわかったら、他の皆さんが安心して来られないじゃないですか。当園は特に、ご家族連れのお客様が多いんですから」

もっともな意見であるが、圭一とて最初からパンチラ目当てで来たわけではない。そのことをわかってもらいたいと思っても、とても信じてくれそうな雰囲気ではなかった。

（こうなったら、正直に話すしかないのか――）

だが、それもみっともないとためらっていると、

「だいたい、あんな小さな女の子のパンツを見て、何が面白いのかしら。いい年をしてロリコンなんて、存在するだけで犯罪だわ」

憤慨の面持ちでなじられて、パニックに陥る。母親のローライズからはみ出した下着を見ていた件ではなかったのか。

そして、ジェットコースターに乗りたいと駄々をこねて坐り込んだ幼女が、スカートを穿いていたことを思い出す。

（じゃあ、おれはあの子のパンツを見ていたと勘違いされたのか！）

もちろん、そんなものにはまったく関心がない。むしろ娘を持つ立場では、ロリコンなど火あぶりにするべきだというのが正直な気持ちだ。

それなのに、その忌み嫌うべき者どもと同類だと、真知子は思い込んでいるらしい。

「だいたい、その前から女の子ばかり見ていましたよね？　値踏みするみたいにいやらしい目で」

汚物でも見るような目で睨まれ、ますます狼狽する。たしかに少女が通ると、無意識に目で追っていた。けれどそれは、娘のことを思い出すからなのだ。

このままではロリコンの変質者だと決めつけられ、通報されるかもしれない。こうなったら恥ずかしいなんて言っていられないと、圭一はかぶりを振った。

「ご、誤解です。おれは、そんな趣味はこれっぽっちも持っていません」

否定しても、女マネージャーは信じてくれない。

「嘘ばっかり。幼い女の子を見て、アソコを大きくしていたじゃありませんか」

股間のふくらみまで見られていたと知って、顔が熱くなる。こうなったら仕方ないと、圭一はポケットから財布を出した。

「これを見てください」

財布のパスケース部分にあった写真を、真知子に見せる。愛娘とふたりで写っているものだ。

それを見て、彼女がますます忌ま忌ましげに眉をひそめたのは、気に入った少女と写真まで撮っていたのかと誤解したからだろう。

「この写真が何だって言うんですか？」

「おれと、おれの娘です」

「え？」

「実は、昨年離婚して――」

圭一は自身の置かれた状況を、包み隠さず話した。先月会社が倒産して、無職になったことも含めて。それから、ここへは娘との思い出にひたるために来たことも打ち明ける。

「そうだったんですか」

真知子はいちおううなずいたものの、まだ合点がいかないというふうに首をかしげた。

「だったら、どうしてアソコがモッコリしてたんですか？」

「いや、それは――」

どう弁解しようかと迷ったものの、娘を思い出して勃起していたなんて誤解されたら、ロリコン以上に鬼畜だと思われてしまう。ここは恥を忍ぶしかない。

「実は、けっこうセクシー——いや、魅力的なお母さんたちが多かったものですから」

着衣でも目立つおっぱいやおしり、それからローライズのパンチラを目にしていやらしい気分になったことを白状する。さすがに彼女はあきれた表情を見せた。

「そんなことで昂奮してたんですか？」

「いや、まあ……妻ともセックスレスでしたし、離婚したあとも誰ともお付き合いがなかったものですから」

とにかく誤解を解かねばと恥を晒す。おかげで、真知子はようやく信じてくれたようだ。

「なるほど、よくわかりました」

そして、丁寧に頭を下げる。

「申し訳ありませんでした。マネージャーという立場上、園内の風紀や安全に気を配らなければならなかったものですから。特に、子供たちに害を及ぼす可能性がある怪しい人間に関しては、何かあってからでは遅いので、厳格に対応させていただいておりますので」

「いいえ、たしかにおれは、充分に怪しかったと思います」

皮肉のつもりでもなく認めると、彼女がもう一度「すみません」と謝る。それから、不意に憐れみの眼差しを浮かべたものだから、圭一はドキッとした。

「だけど、本当にお気の毒だわ」

しみじみと言われ、居たたまれなくなる。離婚したこと、と言うより、ほとんど妻に逃げられたに等しいことを同情されたと思ったのだ。

(そんなふうに言われたら、かえって惨めになるじゃないか……)

心の中で不満を述べる。しかし、真知子の発言は、他の事柄に関してのものであった。

「じゃあ、ずっとしてないんですね」

「え、してないって？」

「だから、女のひとと」

言葉を濁した発言でも、それがセックスのことであるのはすぐにわかった。

「い、いや……それは、その——」

うろたえる圭一をじっと見つめたまま、彼女がすっと立ちあがる。スチールデスクを回り、彼のそばに寄った。

(な、何を……)

圭一はどうすることもできず、ひとつ年上の人妻を見あげた。

3

「立っていただけますか？」

静かな口調で促され、圭一は怖ず怖ずとパイプ椅子から腰を浮かせた。すると、真知子がそれを折りたたみ、壁に立てかける。

あるいは部屋を片付けるのかと、頭の隅でチラッと考える。しかし、そんな必要がないことも、ちゃんとわかっていた。

何より、目を潤ませた人妻の、やけに艶っぽい面立ちが、これからの淫靡な展開を如実に表していた。

「こっち側を向いてください」

腕を取られ、回れ右をさせられる。スチールデスクに太腿の裏を付けるかたちで、窓のほうを向かされた。

ガラスの向こうにあるのは、自然豊かな遊園地だ。見えるのはごく一部ながら、灌木の上にジェットコースターの頂上部分が覗いている。

もっとも、景色を眺めながら話をするわけではないことぐらい、真知子がブラインドを下ろしたことからも明らかだ。そして、彼女はこちらを振り返ると、圭一の前にすっとしゃがみ込んだ。

「あ――」

反射的に後ずさろうとしたものの、スチールデスクに阻まれる。それを見越して回れ右をさせたのかと思ったとき、しなやかな指がズボンの前を撫でた。

「ううッ」

圭一は堪えるすべもなく呻いた。風が当たった程度のおとなしいタッチだったのに、やけに感じてしまったのだ。

「やっぱりずっとしてないから、すごく敏感なのね」

こちらを見あげた真知子が、我が意を得たりというふうに白い歯をこぼす。丁寧だった言葉遣いが、くだけたものに変化していた。

それこそ、年下の男をからかうみたいな。

「これじゃ、お母さんたちのおしりやおっぱいを見ただけで、オチ×チンが大きくなるのも当然かもね」

そう言って肩をすくめてから、彼女はベルトに手をかけた。慣れた手つきで弛めると、ズボンの前を開いて足首まで落とす。

「あ、あの、何をするんですか?」

ここまで来れば、いちいち確認するまでもない。だが、訊ねずにいられなかった。

「誤解したお詫びよ」

さらりと告げた真知子が、ブリーフ越しに牡器官を捉える。柔らかな指でモミモミと刺激され、そこがたちまち血液を集めた。

「あ、ああ」

圭一は快さに喘ぎ、膝を震わせた。スチールデスクに尻をあずけていたから、崩れ落ちる心配はなかったものの、荒ぶる呼吸を抑えることは不可能だった。

(こんなことまでしてくれなくてもいいのに……)

誤解したお詫びといっても、こっちにだって非があるのだ。かえって心苦しい。

しかし、彼女のほうは、むしろ嬉々としてペニスを揉みしごいた。目を細め、愉しげに頬を緩めて。

「大きくなったわ」

力強い脈打ちを示すようになってから、ブリーフを引き下ろす。ゴムに引っかかった肉根が、ぶるんと勢いよく反り返った。

「まあ、すごい」

真知子が惚れ惚れしたように目を見開く。次いで、悩ましげに小鼻をふくらませたところを見ると、蒸れた股間の匂いを吸い込んだのではない。たち昇ってくる男くささは、圭一も嗅いだのである。

ひとつ年上の人妻は、少しも気にならないふうに屹立を握った。ほんのりベタつくのもかまわず、回した指にキュッと力を込める。

「あああ」

圭一はたまらず声をあげてのけ反った。手足の先にまで、うっとりする快さが広がったのだ。

(気持ちよすぎる……)

ただ握られただけなのに、ここまで感じてしまうのは、異性とのふれあいが久しぶりだからだろうか。いや、彼女の手指がとても柔らかくて、包み込まれるような感触に身も心も蕩かされたからだ。

「すぐこんなに硬くなるなんて、溜まってたんじゃないかしら」

強ばりをゆるゆるとしごいた真知子が、もう一方の手も牡の中心に差しのべる。だが、ペニスには触れず、真下に垂れさがった陰嚢《いんのう》をそっと持ちあげた。

そして、手のひらで転がすようにして撫でる。

「あ、ああ、くうう」

くすぐったい快さに、背すじがムズムズする。腰が自然と揺れ、秘茎がいっそう力を漲らせた。

「ほら、キンタマもこんなに重いわ。やっぱり溜まってたみたいね」

はしたない言葉を口にして、彼女は牡の急所を弄《もてあそ》んだ。はち切れそうにふくらんだ亀頭をじっと見つめ、筋張った肉胴にも指の輪をすべらせる。

「あ――そ、そんなにしたら」

焦って告げると、艶っぽい眼差しがこちらを見あげた。

「もうイッちゃいそうなの？」

悪戯っぽい笑みを浮かべられ、耳が熱くなる。たしかにそのとおりなのだが、改めて訊ねられると認めづらかった。それに、いい大人がこれしきのことで危うくなるなんて、あまりにみっともない。

だが、真知子にはそのほうが嬉しかったようである。

「わたしの手、そんなに気持ちいいの？　いいわ。このまま出しなさい」

許可を与え、両手の動きをシンクロさせる。しごく動作がリズミカルになり、睾丸も彼女の手の中でくりくりと転がされた。

（ああ、まずいよ）

こんなに早く達するのは情けないと知りつつも、性感の上昇を抑えられない。分身の根元で、欲情のスープが煮えたぎる感覚があった。爆発は時間の問題であろう。

鈴口から多量に溢れたカウパー腺液が、上下する包皮に巻き込まれてクチュクチュと泡立つ。卑猥な粘つきにも幻惑され、いよいよ限界が迫ってきた。

（ええい、時田さんがいいって言ったんだ）

ここはお言葉に甘えてと、忍耐の手綱を放すなり、彼女がいきなり赤く腫れた亀頭を口に入れたのである。

「え、あ、ちょっと——ううう」

敏感なところを強く吸われ、目の奥に火花が散る。もはや抵抗することは不可能で、腰の裏に歓喜のわななきが生じた。

「ああ、ああっ、出る」

声を震わせて告げるなり、ペニスの中心を熱いものが貫いた。強烈な快美感を伴って。

「むうっ、ううう、むふぅ」

射精のあいだじゅう、圭一は鼻息を荒ぶらせ続けた。

ビクッ、ビクンとしゃくり上げる分身が、青くさいエキスをほとばしらせる。

それが出る端から人妻の古にいなされて、喉へと落とされた。

（ああ、飲まれてる……）

頰をへこませた美貌と、口内の動きからそうと察した圭一は、申し訳なさに苛《さいな》まれた。だが、溢れるザーメンを止める手立てはない。しなやかな指が根元から先端に向かって動き、最後の一滴まで絞り出されてしまう。

「はあ……」

唾液に濡れた秘茎から口をはずし、真知子が大きく息をついた。それから、満足げに口角を持ちあげる。

「濃いのがたくさん出たわ。やっぱり溜まってたのね」

淫蕩この上ない艶顔に、圭一は口内発射の罪悪感がすっと薄まるのを覚えた。

4

やはり溜まっていたのだろうか。かなりの量を放精したはずなのに、股間の分身はピンとそそり立ったままであった。赤黒い亀頭も、かすかに鈍い痛みを伴い、ふくらみきっている。

「元気なのね……」

手にした屹立に視線を注ぎ、真知子がつぶやく。あきれたような口振りながら、瞳がやけに輝いているかに見えた。

「まだ出したい？」

その問いかけを、彼女は顔をこちらに向けることなく発したものだから、圭一は返答するタイミングを逸した。まあ、仮に目を見て訊ねられたところで、言葉に詰まってしまったかもしれないが。

圭一が黙っていると、熟女がペニスに絡めた指をはずす。これで終わりなのかと、安堵と落胆の両方を覚えた。

だが、立ちあがった真知子が、顔を正面から見つめてきたものだから、胸を大いに高鳴らせる。

「ね……」

かすかに動いた唇が、掠れた声を洩らす。その呼びかけが何を求めているのか、圭一はわからなかった。

すると、彼女に右手を取られる。導かれたところは、熟女の艶腰を包むグレーのパンツの、中心部分であった。

(え!?)

触れるなり、ドキッとする。内部の熱気が、外からもわかるぐらい著しかったのである。

(おれのを愛撫しながら、昂奮していたのか)

無意識に指先を喰い込ませると、じっとりした湿り気さえ感じられる。途端に、真知子が「ああん」となまめかしい声をあげた。

「あ、す、すみません」

焦って手をはずそうとしたものの、手首をしっかり捕まえられていたため、逃れられない。かえって強く押しつけられてしまった。

「もっとさわって」

かぐわしい吐息を伴った誘惑に、頭がクラクラする。気がつけば、彼女としっかり抱き合い、熱く蒸れた中心をまさぐっていた。

「あ――か、感じる」

真知子が腰をくねらせ、息をはずませる。縋《すが》りつくみたいに、再び牡の勃起を握った。

「むうう」

快さが広がり、太い鼻息がこぼれる。互いに弄《いじ》りあうことでからだが火照り、もっと親密なふれあいが欲しくなる。

いったいどちらから求めたのか。わからないまま、ふたりは唇を重ねた。

「ンふ……」

「うう」

貪るようなくちづけを交わしながら、圭一は彼女のファスナーを下ろした。パンツの前を開き、中へ手を差し入れる。

最初はクロッチ越しに秘苑を愛撫した。蜜をたっぷりと吸っているらしき布を、敏感な部分にこすりつけると、人妻がイヤイヤをするように首を振る。そのくせ、むっちりした腰をこちらにぶつけてくるのだ。

ならばと、いったんはずした指を、上からパンティのゴムにくぐらせる。かなり繁っている陰毛をかき分け、辿り着いた恥肉の裂け目は、温かな愛液をたっぷりと溜めていた。

（うわ、すごい）

粘っこいそれを指で絡め取り、クレバスを探索する。

「ふは——」

息が続かなくなったのか、真知子がくちづけを解く。年下の男に密着させたボディをワナワナと震わせ、熟れすぎた果実のように甘酸っぱい吐息をはずませた。

「あ、ああ、そこぉ」

悦びを素直に口走るものの、艶めいた声はどこか切なげだ。もっと気持ちよくしてと、せがんでいるようでもある。

圭一のほうも焦れったさを覚えた。もっとダイレクトな快感を、彼女に与えたくなっていたのである。射精に導かれ、精液を飲まれたお礼というわけではなく、魅力的な熟女を単純に感じさせてあげたかった。

だからこそ、一度身を剝がすことにした。

「この机に両手をついてください」

促すと、真知子が戸惑ったふうにまばたきをする。けれど、すぐにこちらの意図を察したのか、頰を赤らめて言われたとおりにした。

スチールデスクに手をついた彼女を前屈みにさせ、ヒップを背後に突き出すポーズを取らせる。その真後ろに膝をつき、まん丸な着衣尻を間近に見つめるだけで、胸が激しく高鳴った。

（ああ、いいおしりだなあ）

子供連れの母親たちの中にも、熟れた丸みをこれ見よがしにぷりぷりとはずませる者がいた。もちろん目を奪われたのだけれど、今のほうがはるかに煽情的だ。何しろ、パンティラインがはっきり拝めるほどに、距離が近いのだから。

加えて、もっと恥ずかしいところまで、これから暴こうとしているのだ。

圭一はグレーのパンツに両手をかけると、中の下着ごと一気に脱がせた。そのはずみで、豊かに盛りあがった双丘が、上下にぷるんと揺れる。

「おお」

思わず声をあげてしまう。ふっくらした臀部は色白で、パンティのゴムの跡が赤く残っている以外に、シミも吹き出物もない。実に艶やかな桃肌だ。

かたちもいい。横にも後ろにも張り出した球体は、いやらしくも優美な曲線を描いていた。茹で卵、あるいは雫をふたつ並べたようにも見える。

「いやぁ」

恥じらいの嘆きをこぼした真知子が、腰を左右に揺らす。羞恥帯を見られまいとしてか、内腿をぴったり重ねていた。

だが、尻と太腿の境界あたり、秘められた中心が隠れたところから、縮れ毛が何本もはみ出していることには気がついていないらしい。やけに卑猥な眺めに、胸底から劣情がこみ上げる。

圭一は脱がせたものを、片方の足から抜いた。

「脚を開いて」

命じると、クスンと鼻をすすった彼女が、怖ず怖ずと膝を離す。熟れ肉の谷間に隠れていたところが、外気に晒された。

（ああ、これが……）

よく繁茂した恥叢に隠れがちなのは、ややくすんだ色合いの肉割れだ。細かなシワの多い花弁がほころび、狭間に透明な蜜を溜めている。

ふわ——。

ヨーグルトをぬくめたような、悩ましい匂いが漂ってくる。蒸れた性器が放つ、正直なかぐわしさだ。それにも情欲が高められ、もっと間近で嗅ぎたくなる。

「そ、そんなに見ないで」

真知子が泣きそうな声で訴える。さっきまでリードしていたはずが、今やか弱いだけの女になっていた。

圭一は胸を高鳴らせつつ、魅惑の中心へ顔を寄せた。

「え、ちょ、ちょっと」

気配を感じたのか、熟れ尻が横へ逃げようとする。それを咄嗟に両手でがっちりと摑み、欲望の赴くまま華芯に顔を密着させる。

「キャッ」

悲鳴があがり、臀裂がキツくすぼまる。しかし、それは無駄な抵抗にしかならなかった。

(すごすぎる――)

湿った草原に埋もれた鼻が、濃密な女くささを捉える。むせ返りそうになりつつも、圭一は胸いっぱいにそれを吸い込んだ。

「イヤイヤ、か、嗅がないでっ!」

自身の中心がどれほど恥ずかしい匂いをさせているのか、わかっているのだろう。悲鳴に近い声をあげた人妻が、ヒップをくねくねさせた。

それにもかまわず、圭一は鼻を鳴らして淫臭を堪能した。

(これが時田さんのアソコの匂い……)

発酵しすぎた汗の風味に、オシッコの名残らしき磯くささも混じっている。それから、チーズを思わせる乳酪臭も。

どこかケモノっぽい生々しさを暴いても、幻滅することはなかった。むしろ、愛しさがふくれあがる。

元妻とはセックスレスだったとは言え、付き合っていた頃や妊娠する前は、欲望のままに互いを求め合った。そのときには秘部に口をつけ、溢れるラブジュースで喉を潤すこともしばしばだった。

けれど、セックスの前には、彼女は常にシャワーを浴びていた。素のままの秘臭を嗅いだことはなく、それは以前に関係のあった異性についても同様であった。

圭一にとって、これが初めて知るナマの秘臭だ。それゆえに新鮮であり、いっそう淫らな心持ちにさせられる。

だからこそ、少しも躊躇なく舌を出し、もうひとつの唇を味わったのだ。

「ひッ――」

真知子が息を吸い込むみたいな声を洩らし、尻の谷をキュッとすぼめる。だが、そんなことで舌の動きを封じ込められるはずがない。発情の媚香をくゆらせる秘苑を、遠慮なくねぶられてしまう。

「ああ、あ、いやぁ」

頬がめり込むたわわな尻肉が、ビクビクとわななく。感じているのだとわかり、圭一はいっそう激しく舌を躍らせた。

「だ、ダメ、そんなにしないでぇ」

拒絶の言葉を吐きつつも、舌の洗礼を浴びる陰部はもっとしてとねだるみたいに、なまめかしく収縮する。それが彼女の本心なのは明らかだ。

事実、洩れ聞こえる声が淫蕩な色合いを持ち始めたのである。

「ん――あふ、くううう」

切なげな息づかいが色を添え、得ている悦びをあからさまにする。しかしながら、快楽にのめり込むには、気がかりな点があったようだ。

「ダメよ、そこは……ううう、よ、汚れてるのに」

洗っていない性器を舐められることに、抵抗を禁じ得ないのだろう。正直すぎる匂いと味が、かえって牡の昂奮をかき立てるとは思いもしないらしい。

だったら行動でわからせてやれとばかりに、圭一は顔をいっそう豊臀に密着させ、舌を恥割れに差し入れた。粘っこい蜜を絡め取り、ぢゅぢゅッと吸いたてる。

「イヤイヤ、バカぁ」

涙声でなじられると、かえってゾクゾクする。ロリコン男と間違われ、みじめな過去をすべて打ち明ける羽目になった屈辱を、ようやく晴らせた気がした。

もっとも、胸がはずむのは、ひとつ年上の熟女に対する情愛が募っていたためもあった。

（けっこう可愛いひとなんだな）

恥じらいに身をよじる姿に、ときめかずにいられない。そして、もっと辱《はずかし》めてあげたくなる。

圭一は頭を左右に振り、臀部のぷりぷりした弾力を堪能しながら、鼻面を尻の谷深くへとめり込ませた。すると、ほんのかすかながら、生々しい発酵臭が嗅ぎ取れたのである。

トイレで大きいほうの用を足した名残なのか。それとも、密かに漏らしたガスの成分がしつこく残っていたのか。たっぷりしたお肉を左右に分けると、ピンク色のツボミの周囲に短い毛が生えていたから、そこにこびりついていたらしい。

魅力的な人妻の恥ずかしい痕跡に、胸がどうしようもなく高鳴る。もちろん不快感など微塵もない。

それどころか、もっと貪欲に味わいたくなる。

圭一は尖らせた舌先で、放射状のシワをペロリと舐めた。途端に、熟れ尻がビクンとわななく。

「キャッ。だ、ダメ──」

焦って逃げようとする丸みを逃さず、さらにチロチロと舌を躍らせる。

「ああ、あ、そこはホントにダメ。き、きたないからぁ」

泣きそうになって訴えるところを見ると、用を足して間もないのだろうか。けれど、圭一はきたないなんてさらさら思わず、人妻アヌスを味わい続けた。

「くううッ」

呻き声が洩れ、秘肛が忙しく収縮する。くすぐったそうな反応ながら、快感も得ているのではないか。

その証拠に、恥芯を指で確認すると、粘りの強い蜜汁がたっぷりと溢れていた。それも、温かくて新鮮なものが。

(やっぱり感じてるんだ!)

全身がカッと熱くなる。なんてエッチな奥さんなんだと心の内でなじりつつ、圭一は指頭で敏感な肉芽をまさぐった。

「あああっ!」

ひときわ大きな嬌声があがり、尻の谷がキツく閉じる。彼女の膝は今にも崩れ落ちそうに、ガクガクと揺れていた。

クリトリスへの刺激が、成熟したボディをさらなる高みへと押しあげたようだ。真知子は身も世もなくというふうによがり泣き、突き出したヒップを左右にくねらせた。

「そ、そんなにしたら……いやぁ、お、おかしくなるぅ」

もはや人妻城は陥落寸前の様相である。

（よし。このままイカせてあげよう）

舌と指の動きをシンクロさせ、女体を頂上へ導くべく励んでいると、

「お願い……さ、させてあげるから、ここまでにして」

なまめかしく震える声で告げられたことにドキッとする。

（え、させてあげるって？）

それはつまり、セックスのことなのか。

驚きで手の力が緩んでしまったようで、真知子がパッと身を翻す。（あっ）と思ったときには、潤んだ目で睨みつけられていた。

「お、おしりの穴まで舐めるなんて、反則よ」

なじられて、首を縮める。だが、アナル舐め禁止なんてルールは、事前に示さ

れなかったはずだ。

それでも、年上の顔を立てて「すみません」と謝る。すると、彼女はふくれっ面のまま、ブツブツとこぼした。

「まったく……あんなところ、旦那だって舐めてくれないのに」

耳にした言葉に（え？）となる。まるで、ずっと舐めてほしかったかのように聞こえたからだ。

圭一がまじまじと顔を見つめたものだから、失言に気がついたらしい。真知子は焦りを浮かべると、スチールデスクに急いでヒップをのせた。さらに、両足も机上にあげて、ハレンチなM字開脚のポーズを取る。

「ほ、ほら、挿れなさい」

秘められたところをすべて晒し、男を誘う。『させてあげる』と言ったときから、そのつもりだったのか。それとも、失言を誤魔化すために、こちらの気を逸《そ》らそうとしたのか。

どちらにせよ、あられもない姿を目の前にして、圭一は頭に血が昇った。ガチガチに強ばりきっていた分身を上下に振って立ちあがり、熟女のすぐ前に進む。

肉の槍を前に傾け、膝を少し曲げることで、結合にちょうどよい高さになる。

ほころんだ濡れ割れに亀頭を触れさせると、そこは驚くぐらい熱かった。

(時田さんもしたいんだ)

牡を欲する痴情の念が、粘膜を介して伝わってくる。気を逸らそうとしたのではない。逞しいモノで貫かれたいからこそ、こんなはしたない格好ができたのだ。

「は、早く」

急かされて、圭一は無言でうなずいた。彼女は人妻なのにいいのかと、迷いが生じたのはほんの刹那だった。魅惑の苑に口をつけたときから、いや、その前にペニスを愛撫されたときから、くだらないしがらみなど関係なくなっていたのだから。

息を止め、腰を前に送る。淫汁でヌルヌルの蜜窟は、強ばりを奥までスムーズに受け入れた。

しかしながら、締めつけが緩かったわけではない。

「おおお」

ふたりの陰部が重なるなり、真知子がのけ反って低い喘ぎをこぼす。続いて、女膣がキュウッとすぼまったのだ。

まるで、二度と放すまいとするかのように。

「ああ、あ――」

目の奥に歓喜の火花が散り、圭一も声をあげた。まつわりつく媚肉は柔らかで、数多のヒダが筒肉に戯れかかっていた。

(なんて気持ちいいんだ)

久しぶりのセックスということもあり、膝がわななくほどに感じてしまう。もはや理性など働かず、より深い悦びを求めて、牡の猛りを出し挿れした。

ぢゅぷ――。

抉られる女芯が卑猥な粘つきをこぼす。

「はあああっ」

甲高いよがり声が、狭い室内の空気を震わせた。

圭一は最初から高速のピストンで責めまくった。勢いよく腰をぶつけると、衝突する陰部がパツパツと湿った音をたてる。

「あ、あ、いいの、もっとぉ」

淫らなリクエストに応え、トロトロになった膣穴を侵しまくった。

「ああ、やん、激しい」

すすり泣き交じりに言い、真知子が両脚を牡腰に巻きつける。もっと激しくしてほしいのだ。

背中に汗が滲むのを感じつつ、圭一は腰を振り続けた。自らも蕩ける愉悦にまみれつつ、彼女も感じさせなくてはと使命感に駆られて。

そのときふと、妻とのセックスもこんなによかっただろうかと考えかける。しかし、圭一はすぐに浮かんだことを打ち消した。それは真知子に対しても失礼だと思ったからだ。

「やん、い、イキそう」

人妻の呼吸が変化し、ハッハッと喉から絞り出す感じになる。オルガスムスのとば口を捉えたのだ。

(よし、もうすぐだ)

感覚を逸らさぬよう、抽送のリズムを一定に保つ。圭一も危うくなっていたが、歯を喰い縛って堪えた。

その甲斐あって、真知子がいよいよ高潮を迎える。

「ああ、イクイク、い、イッちゃうのぉ」

乱れた声に触発され、圭一も限界を迎えた。

「うう、おれも出そうです」

「いいわ。な、中に出してっ！」

許可を得て、あとは本能のまま蜜芯を突きまくる。カウパー腺液も混じっているであろう、多量の愛液が狭い穴の中でグチュグチュと泡立った。

「あ、あはぁ、い、イク——」

熟れ腰がガクンとはずみ、膣口が強く締まる。それで筒肉をこすられたことで、圭一も高みへと舞いあがった。

「うううううっ」

奥歯を噛み締めて唸り、めくるめく享楽に巻かれる。シンボルの中心を、熱いトロミがいく度も駆け抜けた。

（ああ、すごく出てる）

分身の脈打ちを感じながら、ゆるゆると腰を前後させる。絶頂を迎えて過敏になった亀頭が柔ヒダで撫でられ、強烈な快美感に膝が崩れそうであった。

そうして最後の一滴まで、深い悦びにひたってほとばしらせる。あとは熟女のボディに抱きつき、甘い匂いを嗅ぎながら、うっとりする余韻にひたった。

5

快感が大きかったぶん、それから、行為に激しくのめり込んだぶん、終わったあとの気まずさが著しい。

（ちょっとやりすぎたかも……）

ザーメンと愛液でベタベタになったペニスをティッシュで拭いながら、圭一は倦怠感にまみれていた。亀頭に貼りついた薄紙のカスがなかなか取れないのにも、もの憂さが募る。

後悔を禁じ得ないのは、今日会ったばかりの人妻と、肉体関係を持ったからだ。それも、ほとんど欲望のみに任せて。自分がひどくだらしのない、ケモノにでもなった気分だった。

一方、真知子のほうは、さばさばしたものだった。

「二回目なのに、いっぱい出したのね。いくら拭いてもキリがないわ」

大股開きで秘部を清めながら、悪戯っぽい眼差しをこちらに向ける。そのせいで、ますます居たたまれなくなった。

もっとも、肉感的な下半身をあらわにしたまま、デスクに尻を据えて後始末をする熟女に、そそられたのも事実だ。横目で窺いながら、敏感なくびれ部分をティッシュで拭いたらビクンと反応してしまい、圭一は慌ててブリーフを穿いた。

遅れて身繕いを整えた真知子が、「さて、と」と、こちらに向き直る。すでに妖艶な色合いは失せ、この部屋に入ったときと同じ真面目な顔つきだったものだから、圭一は思わず直立不動になった。

「成り行きとは言え、妙なことになっちゃったけど、ここであったことは誰にも話さないでね」

勝手だなと思いつつ、圭一は「はあ」とうなずいた。彼女は人妻なのだ。不貞の関係があったことを知られたら、まずいのは確かである。

それに、こちらとしても、わざわざ波風を立てるつもりはない。彼女の夫から責められたくはないし、夫婦関係が壊れるところも見たくなかった。

自身が憂き目に遭ったものだから、尚さらに。

「それで、べつに口止めのためってわけじゃないんだけど、あなた、ここで働く気はない？」

「は？」

唐突な就職勧誘に、圭一はきょとんとなった。

「さっき、会社が潰れて次を探しているって言ったじゃない。それとも、もうどこかの内定をもらってるの？」

「いえ……まだ探しているところですけど」

「だったら、ウチはどう？　まあ、正直な話、高給を期待されたら困るけど、福利厚生はけっこうしっかりしてるのよ。それに、娘さんとの思い出の場所で働くっていうのも、悪くないと思うけど。もしかしたら、ここで再会なんてこともあり得るかもしれないし」

遠くに越したから、さすがにそこまでは望めないだろう。だが、今日だって娘との思い出にひたるために、ここへ来たのである。そういう場所のほうが、かえって仕事への意欲が湧くかもしれない。

「だけど、何をすればいいんですか？」

訊ねると、真知子が「何でもよ」と答える。

「え、何でもって？」

「わたしは本来、人事担当のマネージャーなんだけど、それ以外にもあれこれやっているのよ。おもに人出が足りないところだけど、入場券の販売とか、売店のレジとか、あと、フードコーナーなんかも。それから、さっきみたいに園内の見回りもね。案内係も兼ねて」

「そこまで色んなことをしなくちゃいけないのは、人手が足りないからですか？」

「そういうわけじゃなくて、ひとりが何でもできるようになってくれれば、融通が利くのよ。何かを専門でやってもらうと、休まれたら代わりを確保するのが大変じゃない。でも、ここは専門的な知識がなくてもできる仕事が多いから、あとは経験だけ積んでもらえば、必要なところに人間を回せるってわけ。そうすれば、アルバイトも含めてシフトを組むのが楽だし、急に休みをとることになっても、みんなでフォローできるわ」

丁寧に説明してから、真知子がクスッと笑う。

「まあ、人事担当としては、人件費を安くあげられるっていうのもあるけどね」

案外それが本音なのかもしれない。だが、ずっと同じことばかりしているよりは、変化があったほうが仕事を楽しめるのではないか。

「藪野さんには、園内の見回りからやってもらおうと考えてるの。それこそ、たまに盗撮や痴漢目的の輩が入り込むことがあるのよ。ほら、子供だけじゃなくて、若いお母さんたちも多いじゃない」

母親たちの胸や尻に見とれていた圭一には、耳が痛い話である。もちろん、最初からそれが目的だったわけではないが。

「あと、デートのカップルもけっこういるけど、子供がいるのにイチャイチャされたら困るわけ。そういうのは、やっぱり男性に対処してもらいたいのよ。べつに声をかけなくても、スタッフとして歩き回ってもらうだけでも効果があるの」

不逞《ふてぃ》の輩に注意するのは気が重いが、歩き回るだけでいいのなら何とかなりそうだ。もとが平和な遊園地であり、そうそうおかしなやつは来ないであろうし。

「どうかしら。やってもらえる？　ていうか、是非お願いしたいの」

魅力的な人妻から両手を合わせられては、断るなんてできない。それに、仕事を探していたのは事実なのだ。

「わかりました。おれ――僕でよかったら」

「ああ、よかった」

真知子が口許をほころばせる。愛らしい笑顔に、圭一はときめいた。

「じゃあ、ちょっと待っててね」

部屋を出た彼女が、五分と待たせずに戻ってくる。書類やパンフレットらしきものを抱えて。

「じゃあ、さっそくだけど、この履歴書に記入してもらえるかしら」

「あ、はい」

圭一はスチールデスクに向かい、ペンを手にした。氏名に住所、略歴などを書くあいだに、勤務や待遇について説明を受ける。

「だけど、よかったわ。募集や面接の手間が省けたし、こうやっていいひとに来てもらえることになったんだから」

もともと怪しい人間に見られたのであり、ほとんど怪我の功名だ。ただ、圭一にとっても、思いがけず職にありつけて有り難かった。

「期待してるから頑張ってね。あ、働きに応じて、特別賞与もあるから」

「え、そんなものがいただけるんですか?」

驚いて訊ねると、真知子が思わせぶりに笑みを浮かべる。

「わたしからの特別なご褒美ってこと」

それはつまり、さっきみたいに熟れたボディで歓待してくれるということか。

(いいひとっていうのは、そっちの意味もあるのかも)

あきれつつも期待がこみ上げ、圭一は密かにペニスをふくらませた。

第二章　感じさせて人妻

1

　翌日からさっそく、圭一はキッディーランドで働き始めた。真知子から言われたとおり、最初は巡回員という肩書きで。

　他のスタッフと同じジャンパーを着て、身分証明書を首に提げているだけで、特に警備員っぽい格好をしているわけではない。ただ、「巡回」と書かれた黄色い腕章をつけているので、どんな役割かは一目瞭然だ。

　次の日も平日で、特に怪しい輩は見つからなかった。ただ、進入禁止の場所に入り込んでいた子供を注意したぐらいである。

　とは言え、まるっきり暇だったわけでもない。

『回りながら園の様子や、他のスタッフがどんなふうに仕事をしているかも、しっかり見てちょうだいね』

真知子からそう言われ、これまで目を配らなかったところも注意深く観察した。たとえばアトラクションなら、年齢や身長制限がある場合の、ボーダーにいる子供たちへの対処方法や、安全確認のやり方など。フードコーナーなら、お昼どきで注文が増えたときにどう切り回すか。他に、トイレも含めた園内のクリンネス作業についても、目に入るものはすべて勉強というつもりで学んだ。

接客を初めとするサービス業は、アルバイトも含めて従事した経験がない。何もかもが新鮮であった。それこそ、自分もやってみたいと思うほどに。

最も興味が湧いたのは、やはり遊園地のメインたるアトラクションだ。ここには幼児向けのおとなしいものから、動きや落差が激しいものまで、かなり充実していた。だからこそ、広い年齢層に受け入れられるのだ。

アトラクションのオペレーターは、学生のアルバイトがほとんどだと聞いている。さすがにみんな若い。特に女の子は、笑顔で楽しそうに子供と接している。時給はそれほど高くないみたいであるが、おそらく子供が好きだから、この仕事を選んだのだろう。

ただ、今日は平日でお客が少ないから、余裕を持って対処できる部分もあるのではないか。休日はさすがに人出が増えるから、そうなったら行列をさばく必要もある。また、事故が起きないようアナウンスをするなど、安全確認もより慎重にしなくてはなるまい。

もちろんそのときは、スタッフを増やして対応するのであろう。今はひとりか、コースターやメリーゴーランドなどの、大きくて安全確認に手間がかかるアトラクションでふたりという具合だ。入園者が増えたら、それだけでは足りなくなる。

実際、最初の二日は穏やかすぎるぐらい平和であったが、初めて迎えた休日は、様相が一変した。

特に目立ったのが、小中学生の子供たちだ。何しろ、園内に流れる陽気な音楽をかき消すほどに、楽しげな声を響かせていたのだから。

中には、ほとんど奇声に等しいものを発して、園内を全力で駆け回る子もいる。それも、周囲など目に入っていないかのように。遊園地という、そこにいるだけで気持ちがはずむ場所で解放され、テンションがただ上がりなのだ。

我が子もそんな感じだったから、圭一には彼らの気持ちがよくわかった。だからと言って、スタッフの一員としては、見過ごすわけにはいかない。

「気をつけて、まわりをよく見るんだよ」

息せき切って走っていた子供のひとりに声をかける。その子は立ち止まり、驚いた顔をこちらに向けた。小学校の三、四年生ぐらいではないだろうか。戸惑った顔つきからして、何を言われたのか理解していなかったのかもしれない。

圭一はもう一度、「気をつけて」と告げた。すると、彼は神妙な面持ちでうなずき、先に行った仲間のあとを追った。

この様子だと、注意されたことなど、五分も経たないうちに頭から消えてしまいそうである。それでも、これが役目だから、職務をきっちり果たさねばならない。

ただ、あまり口うるさくするのも御法度だ。あそこはうるさいスタッフがいて楽しめないなんて評判が広まったら、入園者が減ってしまう。あくまでも、他のお客の迷惑にならないように、それから事故が起きないようにという観点で、声をかけるのだ。

その後も、圭一は園内を回りながら、子供たちの様子を見たり、訊ねられて施設の案内などをしながら時間を過ごした。

お昼過ぎに管理棟で昼食を摂り、再び見回りに出ようとしたとき、出口で真知子とばったり顔を合わせた。

「これから見回り？」

にこやかな笑顔を向けられ、圭一の頬も自然と緩む。けれど、次の瞬間、彼女との交歓場面が脳裏に蘇り、うろたえてしまう。

「あ、は、はい」

圭一はどぎまぎして視線をはずした。それから、自己嫌悪に苛まれる。

(まったく、何を考えているんだよ……)

昨日も一昨日も、真知子と顔を合わせている。その度に、管理棟の狭い部屋で戯れたことを思い出し、悩ましい気分を募らせたのだ。

あれは、それまで経験したセックスを凌駕する、印象深いひとときであった。それこそ、快感も含めて。

だからと言って、もう三日も経つのに、会うたびに思い出すなんてどうかしている。いくらなんでも余韻を引っ張りすぎだ。

第一、これでは彼女と再び関係することを、期待しているみたいではないか。

(たしかに、ご褒美をあげるとは言われたけど……)

それにしたところで、肉体を与えると明言されたわけではない。

とにかく、妙なことを期待してはいけない。あくまでも同じ職場の先輩として接するべきだと、自らに言い聞かせたとき、

「どうかしたの？」

真知子に怪訝な面持ちをされ、心臓がバクンと高鳴る。

「い、いいい、いえ、何も」

あからさまに挙動不審になり、ますます怪しまれてしまう。おまけに、

「ふうん……そっか」

と、何かを察したような眼差しを向けられたものだ。圭一はその場から逃げ出したくなった。

（ああ、絶対にバレてるよ）

きっと、物欲しそうな顔をしていたに違いない。なんて自制心がないのかと、あきれているのではないか。

居たたまれずに俯いた圭一であったが、いきなり股間を握られたものだから、今度は心臓が止まるかと思った。

「あ――うううっ」

そこは真知子とのひとときを思い出したせいで、ふくらみかけていたのだ。そして、当の本人からモミモミと刺激されたことで、たちまちそそり立つ。

「すぐに大きくなるのね」

あきれたとも、感心したともつかない表情で、人妻がつぶやく。さらに、ファスナーをおろして、中に手を差し入れたのだ。

「ちょ、ちょっと……あああっ」

ひんやりした柔らかな指が、肉の猛りを摑み出す。ただ、ここは管理棟の入り口なのである。

(こんな場所で、まずいよ)

焦りの気持ちが通じたのか、真知子が屹立を握ったまま、「こっちに来て」と圭一を誘う。近くにあった、スタッフ用の女子トイレに。

(え、こんなところで?)

見つかったら覗きと間違われるのではないか。心配になったものの、マネージャーである人妻と一緒だから大丈夫かと考え直す。

そこには個室がふたつあり、圭一と真知子は奥の洋式へ入った。そちらのほうが和式よりも広く作られていたから、ふたりでも窮屈ではない。

「すごく元気だわ」

反り返って脈打つ肉根を緩やかにしごき、ひとつ年上の熟女がほうとため息をつく。それから、艶っぽい目つきで軽く睨んできた。

「ご褒美は、働きに応じてって言ったはずだけど」

たしなめられ、反射的に「すみません」と謝る。もっとも、合点のいかない部分もあった。

(べつに、こんなことをしてくれって、頼んだわけじゃないのに)

まあ、口にこそ出さずとも、無意識に欲していたのは事実だ。

「藪野さん、昨日もおとといも、わたしをエッチな目で見てたでしょ」

疑問ではなく断定の口振りで言われ、圭一は素直に観念した。

「はい……すみません」

「それだけわたしに魅力を感じてくれるのは、うれしいけどね。でも、ちゃんとTPOをわきまえてくれなくちゃ」

上司らしいお説教も、女子トイレでペニスを愛撫しながらだから、あまり説得力がない。

「ま、とりあえず手で出してあげるから、スッキリしなさい」

しなやかな指が、強ばった筒肉をリズミカルに摩擦する。

「あ、ああ……」

圭一は快美に喘ぎ、膝をカクカクと揺らした。

（うう、気持ちいい）

真知子との親密なふれあいを望んでいたからか、目がくらむほどに感じてしまう。呼吸が荒くなり、腰が自然とくねった。

「こんなに硬いなんて……ねえ、自分でしてないの？」

プライベートに触れる問いかけに、圭一は口をつぐんだ。昨晩もその前も、彼女との行為を思い返して白らをしごき、多量にほとばしらせていたのである。だからと言って、さすがにそんなことは打ち明けられない。オナニーで処理していても著しいエレクトを示すなんて、ほとんど発情期のケモノにも近しいからだ。

幸いにも、真知子はそれ以上追及することなく、手淫奉仕を続けてくれた。おかげて、圭一はゆったりと快さにひたる。

（よし、おれも――）

今日も彼女はスーツ姿で、ボトムはタイトミニだ。そちらに手をのばし、パンストがガードする股間をそっとまさぐると、艶腰がピクンとわなないた。

「……いけない子ね」

おいたをする子供をたしなめるみたいな目つきで睨まれる。だが、抵抗はしなかった。

それをいいことに、女体の底部をすりすりとこする。

「もう、そんなにしたら、切なくなるじゃない」

悩ましげに訴える人妻に、圭一の昂奮もうなぎ登りとなる。牡のシンボルをいっそう膨張させ、雄々しく脈打たせた。

「あん、すごいわ」

逞しさを誇示する肉棒に、手指の動作にも熱が入ってきたようだ。

(もしかしたら、時田さんもおれとしたかったんじゃないのか?)

だからこそ、こんな場所へ連れ込んだのではないか。年下の男を悦ばせるだけでなく、自身も慰めてもらいたくて。

実際、執拗にこすられる女芯は熱く蒸れ、湿り気も感じられたのである。

「はうう」

なまめかしい喘ぎ声を耳にして、いよいよたまらなくなる。間もなく爆発へのカウントダウンが始まろうとしたところで、
プルルルルル……。

携帯の着信音が個室に響き渡った。かなり大きな音だったものだから、心臓がでんぐり返りそうになる。

それは真知子のポケットから聞こえたものだった。

「あ、ちょっと待っててね」

屹立から手をはずし、彼女が携帯を耳に当てる。圭一は内心で（ああ、そんな）と落胆したものの、続けてくれとは頼めなかった。

「はい、時田です……え、ホントに!?」

熟女マネージャーの、声のトーンが変わる。緊急事態らしいことが、訊かなくてもわかった。

「わかったわ。すぐに行くから」

電話を切った真知子が、口早に告げる。

「ちょっと急用ができたの。すぐに行かなくちゃいけないから、ごめんね」

両手を合わせ、ずり上がったスカートの裾を直すと、個室のドアを急いで開ける。立ち去る前に圭一を振り返り、そそり立ったままの牡器官をチラ見した。

「あとは自分でしてね」

言い置いて、姿を消す。足音もすぐに遠ざかった。

（自分でって……）

圭一は全身から力が抜けるのを覚えた。

もともと真知子も自分も、勤務中だったのだ。淫らな交遊にうつつを抜かしていいはずがないことぐらい、重々承知している。

しかしながら、こんなふうに途中で放り出されるぐらいなら、最初から何もないほうがマシだ。分身も鈴口から悔し涙をこぼし、理不尽な仕打ちへの不満をあからさまにする。

とは言え、急用では仕方ない。何があったのかわからないけれど、彼女は責任ある立場なのだ。引き留めるわけにはいかない。

言われたとおり、圭一は漲りきったモノを、自分で処理しようとした。熟女の柔らかな手指の感触を思い出しながら。

だが、程なく虚しさを覚え、分身から手を離す。ため息をつき、硬いままのそれをどうにかズボンの中にしまった。

（……さ、仕事しなくちゃ）

誰もいないのを確認してから女子トイレをあとにし、管理棟の外へ出る。深く深呼吸をしたことで、ようやく気分が落ち着いた。

もっとも、ペニスはすぐに萎える様子はない。

歩いているうちにおとなしくなるだろう。圭一は股間に違和感を覚えつつ、歓声の響く園内へと足を進めた。

2

休日ということで、平口にはないイベントも開催されている。中央の広場へ行くと、端っこにあるステージ前には、親子連れが集まっていた。

ステージとはいっても、大袈裟なものではない。高さが二十センチもないし、広さも歌や簡単なダンスが披露できるぐらいか。

左右の舞台袖には、用具置き場や出演者の控室を兼ねたコンクリートの小屋がある。ただ、外壁には子供向けの愛らしいキャラクターや、カラフルな模様がペイントされており、見た日は裏方の存在を感じさせないものになっていた。このあたりは、夢の国やおとぎの国を信じる幼い子供たちへの配慮なのだろう。

ステージ前にはベンチ席が並び、幼児や小学校低学年ぐらいの子供たちが、親と一緒に坐っている。何が始まるのかと、瞳を輝かせて。

（懐かしいな……）

圭一は、娘とここに来たときのことを思い出した。ステージの催しがあると、必ずせがまれて見たのである。

年末にはクリスマスソングのコンサートがあったし、他にバルーンアートの体験イベントや、子供たちがステージ前に集まって、演者のお姉さんにダンスを習ったこともある。そういう催しの場合を考えて、ステージを低くしているのだろう。

今日は何をするのかなと、ステージ脇の看板を確認すると、「おねえさんといっしょにうたおう」という演目が書かれてあった。出演者の名前はないから、有名どころを呼んだわけではなさそうだ。

それでも、子供たちは目の前で愛らしいお姉さんが歌うのを見るだけで、楽しげな顔をする。どこの誰だと、訝《いぶか》る眼差しを向ける大人たちとは対照的に。

そういうところは子供を見習うべきだなと思いつつ、圭一は観客席の後方に下がった。間もなく開演時間だったからだ。

陽気な音楽がステージ脇のスピーカーから流れる。続いて舞台袖から、ピンクのトレーナーに白いミニスカート姿の、若い娘が登場した。

「はいはーい。みなさーん、こんにちはーっ！」

大きな声で挨拶し、子供たちに手を振る。いかにも元気いっぱいの、溌剌《はつらつ》とした笑顔を見せる彼女に、圭一は見覚えがあった。

（あれ？　たしかアルバイトの――）

昨日だったか一昨日だったか、アトラクションのオペレーターをしていたのを見かけたのだ。そのときも、子供に愛想よく対応していた。大きな目が、笑うと三日月を伏せたかたちに細くなるのが愛らしい、二十歳ぐらいと思しき女の子である。

おそらく、子供好きということで、歌のお姉さんに抜擢されたのではないか。あるいは、自ら立候補したのか。もちろん、歌が上手いというのもあるのだろうが。

実際、すぐさま一曲目が披露されたのだが、のびやかで明るい歌声に、圭一も聴き惚れた。

（上手だな……音楽大学の学生なのかも）

児童向けらしき可愛らしい歌で、子供たちが楽しげに手拍子を打つ。それに応えるように、彼女も軽やかにステップを踏んだ。

若い太腿は健康的で、むっちりしている。もちろん子供たちは、そんなところに好奇の眼差しを向けまい。しかし、彼女の太腿に匹敵する健康的な男としては、目を惹かれてしまう。

おまけに、彼女が時おりくるっとターンするのだ。すると、テニスで穿くみたいなミニスカートがふわりと舞いあがり、白い下着が覗く。

もちろん生のパンティではない。フリルのあしらわれた、見られてもかまわない類いのものである。

それでも目を瞠《みは》り、ときめいてしまうのが男の性だ。もっとも、娘と一緒に見ていたときには、同じような場面でも邪念は抱かなかったのだが。

離婚して独り身になり、心境に変化が現れたせいなのか。あるいは、ついさっき真知子にペニスを愛撫された余韻が残っているためなのか。

おとなしくなったはずの分身が、再びブリーフの中で自己主張を始めたのに気づき、圭一は狼狽した。

（こら、勃つな）

不肖のムスコに命令し、胸に巣くう不埒な欲望を追い払う。幸いにも膨張はストップしたものの、縮こまることもなかった。

程なく一曲目が終わり、歌のお姉さんが自己紹介をする。

「みなさーん、こんにちはー。初めましてのひとは、初めましてー。みのりお姉さんだよー」

見ると、トレーナーの裾のあたりに、大きな缶バッジを付けている。丸っこいフォントで「みのり」と、名前が書かれたものだ。子供学生アルバイトの多くは、同じものをスタッフジャンパーに付けている。子供に名前を憶えてもらい、親しみを持ってもらうためなのだろう。

観客の中にも、アトラクションのほうで顔と名前を憶えたのか、跳びあがるようにして「みのりお姉ちゃーん」と呼びかける子供がいる。みのりはその子に笑顔で手を振ると、二曲目を歌いだした。今度はアップテンポで、ダンスっぽい振り付けもついているおかげで、パンチラの頻度が増す。

そして、歌がだいぶ盛りあがってきたところで、

「いいぞ。もっと腰を振れ」

下卑た声が飛んだ。

圭一は最初、それがステージに向けられたものとは思わなかった。子供向けの平和で可愛らしいイベントなのであり、見ようによってはセクシーであっても、妙な反応をする輩などいないはずだからだ。

ところが、やはりそれはステージに、それもみのりに向けられた声だったのである。

「ほら、もっとパンツを見せろよ」

品のない言葉に、観客の親たちもザワめく。いったい誰がと、眉間にシワを寄せてあたりを見回した。

圭一も声がした方向を窺い、犯人を見つける。観客席の斜め後ろに、四十がらみと思しき男が突っ立っていた。

地味な身なりで髪はボサボサ。黒縁の眼鏡をかけている。頬が赤らんでいるから、酔っているのではないか。

「なんだ、サービスが足りねえなあ」

男がまたわめく。調子に乗ってきたらしく、声がかなり大きくなっていた。

そのため、子供たちも驚いた顔で振り返る。横にいる親が、《見ちゃいけません》というふうに前を向かせた。

ステージ上のみのりも、男に気がついたようだ。歌い続けてはいたものの、戸惑ったふうに目を泳がせる。それまでニコニコしていたのに、表情から笑顔が消えた。

(これはまずいぞ)

放っておいたら、せっかくの催しが台無しになる。それに、子供たちを怯えさせることになっては大変だから、素早く冷静に対処しなければならない。

圭一は足早に進み、男に近づいた。

「おい、こっちにケツを向けろ——え？」

猥雑な言葉を口にした彼の前に、ステージを背にしてすっと立ちはだかる。

「な、何だ、お前は」

怯んだふうにのけ反った男が、目玉を左右に動かしたのを見て、圭一はこれなら大丈夫だと確信した。言葉遣いは乱暴でも、大した度胸はないと見抜いたのである。おまけに酒くさいから、酔って気が大きくなっているだけのようだ。

「この催しは、子供たちを対象にしたものですので、品のない野次はやめていただきたいのですが」

「何だよ。大人は見ちゃいけねえってのか!?」

「いいえ。観覧は自由です。ですが、エチケットを守っていただかないと、お子さんたちの教育上よろしくありません。そこのところを、今一度よく考えていただけませんでしょうか」

なるべく落ち着いた、静かな口調で訴える。声を荒らげると、向こうも売り言葉に買い言葉で、喧嘩腰になると思ったのだ。これ以上騒ぎになったら、せっかくのステージが台無しになってしまう。

そして、真っ当な意見を告げられたことで、男は何も言い返せなくなったようである。

「な、何だよ……」

ブツブツとこぼしながら、その場を離れる。圭一はホッとした。

そのとき、歌が終わる。不穏分子が立ち去って安心したからか、さっきよりも大きな拍手がステージに送られた。もっとも、当のみのり自身は、まだ不安げな面持ちであったが。

《だいじょうぶだよ――》

そう伝えるつもりで、圭一は彼女に向かって立てた親指を突き出した。それでようやく、愛らしい娘は笑顔を見せたのである。

3

しばらくみのりの歌を聴いてから、圭一はステージ前から移動した。

(またどこかで、誰かに絡んでるんじゃないだろうな……)

さっきの暴言男が気になる。あの調子だと、他の場所でも何かやらかしているかもしれない。

何かトラブルは起こってないかと、注意深く周囲を観察する。幸いにも、あの男の姿はどこにもなかった。

咎められたから、面白くなくて帰ったのか。そうであってほしいと願いつつ、気になることもあった。

(ただの酔っ払いじゃないみたいなんだよな……)

そもそも、酔って遊園地に来るなんてことがあるだろうか。そこらの公園をうろつきまわるのならまだわかるが、ここは入園料を払わないと入れないのである。あの様子からして、アトラクションを利用するとも思えないし、目的がわからない。

(親子で来園して、子供は奥さんにまかせて、自分だけ酔っ払ってたとか?)

その可能性なら考えられる。けれど、あそこまで酔った旦那を、奥さんがひとりにするだろうか。言動はともかく、チンピラの類いではなさそうだったのだが。

ともあれ、このまま何事もなく閉園を迎えてくれればいい。初めての休日勤務で、いつも以上に神経を使っていたものだから、圭一は疲れていた。

そのとき、あることを思い出す。

（あのとき、時田さんが電話を受けて急いで行ったのは、さっきの男の件だったのかもしれないぞ）

他でも騒ぎを起こしたために、真知子が呼ばれたのだとか。あり得ないことじゃないと、圭一はひとりうなずいた。

（だとすると、あいつのせいで、おれは放っておかれたってことなのか）

勝手に決めつけ、怒りを覚える。もう少しでイケそうだったのにと、地団駄を踏みたくなった。

ついでに、人妻の柔らかな手指の感触も蘇り、悩ましさに包まれる。今度はいつああいうことをしてもらえるのかと、新たな期待もこみ上げた。

おかげで、分身がまたもふくらみだす。見回りを続けていた圭一は、歩きづらくて仕方なかった。

（まったく……仕事中だっていうのに）

自身のいい加減さにあきれ返る。こんなふうだから離婚する羽目になったのではないかと、自虐的なことも考えた。

しかしながら、離婚後はオナニーすら億劫になるほど、性欲が減退していたのだ。それがここまで復活したのは、やはり真知子のおかげかもしれない。

ともあれ、ここは本当に、自分で処理した方がよさそうだ。いちいち勃起していたら、とても仕事にならない。それに、真知子の愛撫をリアルに思い出せる今ならば、射精に至りやすいはず。

では、さっそくトイレへ行こうとしたとき、

「藪野さん――」

背後から呼びかけられ、ドキッとする。

振り返ると、ピンクのトレーナーにミニスカートの愛らしい女の子。さっきステージで歌っていたみのりであった。

「ああ、えと……」

「河名《かわな》みのりです。先ほどはありがとうございました」

ペコリと頭を下げられ、あの男を追い払ったことなのだとわかった。

「あ、ああ、べつにいいよ。あれが仕事なんだから」

圭一が逃げ腰に、と言うか、ほとんどへっぴり腰に近かったのは、股間のふくらみを気づかれたらまずいと思ったからである。何しろ、健康的な太腿をあらわにした、チャーミングな娘が目の前にいるせいで、ペニスがここぞとばかりに小躍りを始めたのだ。

ところが、みのりは少しも気にせず、笑顔で話しかけてくる。

「いえ、おかげで助かりました。あのあと、子供たちも安心してノッてくれましたし、これも藪野さんが対処してくださったからです。本当にありがとうございました」

単なる義務的なお礼ではなく、心から感謝しているとわかる。そこまで言われれば、圭一も嬉しくなる。

「まあ、イベントがうまくいったのならよかったよ」

年上らしく答えたところで、（あれ？）と思う。

（どうしてこの子は、おれの名前を知ってるんだ？）

首に身分証を提げているものの、それを見る前に後ろから名前を呼んだのだ。つまり、最初からわかっていたということになる。

バイト中の姿を目撃したことはあったけれど、特に名乗ったりしなかったはず。いったいどうしてと、圭一は不思議に思った。

（ああ、でも、最初のスタッフミーティングで自己紹介をしたから、あの場にこの子もいたのかもしれないな）

勤務初日の、開演前のミーティングで、圭一はみんなの前で挨拶をしたのである。あれは常勤のスタッフがほとんどだったと思うのだが、アルバイトの子もいたのかもしれない。とにかく緊張していたから、誰がいたのかなんて確認する余裕はなかったのだ。

(うん。きっとそうだな)

納得し、圭一は彼女に問いかけた。

「今日の仕事は、あれで終わりなの？」

「いえ。もう一回ステージがあるんです」

「そうなの。じゃあ、また変なやつがいたら、追っ払ってあげるよ」

「ありがとうございます。では、次の準備がありますので、あたしはこれで」

「うん。頑張って。さっきの歌、すごくよかったよ」

褒めると、みのりが恥ずかしそうに白い歯をこぼす。胸がきゅんとなる笑顔に、圭一は年甲斐もなく恋をしそうになった。

(こんなに可愛いんだ。もう彼氏がいるに決まってるじゃないか)

感謝こそされても、三十路でバツイチのオジサンなど、まともに相手にしてくれるはずがない。妙な期待なんかするなよと、自らを戒める。

「それじゃ、失礼します」

もう一度頭を下げ、みのりが身を翻す。そのとき、ミニスカートがふわっと舞いあがり、ひらひらのアンダースコートが見えた。

(あ——)

心臓がバクンと音を立てる。勃ちっぱなしの肉根が、雄々しくしゃくり上げた。

(これは、本当に出しておかないとまずいかも)

気持ちを落ち着かせないことには、また若いお母さんの胸や尻に目を奪われ、怪しまれる可能性がある。すぐにトイレへと思ったものの、別れたばかりのみのりの笑顔を思い出すなり、罪悪感にかられた。

(あんないい子と言葉を交わしたあとにオナニーするなんて、おれはケダモノかよ?)

たまらなくなったのは、彼女のパンチラを目撃したせいもある。しかし、わざわざお礼を言うために、着替えもしないで追ってきてくれたのだ。それをいやらしい目で見てしまうなんて、どうかしている。

さらに自慰までしてしまったら、自己嫌悪で立ち直れなくなるかもしれない。

圭一は欲望の放出を諦め、巡回を続けることにした。そのうち勃起もおさまるだろうと見越して。

実際、三分も歩かないうちに、分身はおとなしくなった。罪悪感のおかげもあったろう。

（どこを回ろうかな……）

キッディーランドは敷地が広いためと、丘陵地帯ということもあり、園内も割合に起伏がある。高台のほうには観覧車があった。

（よし、あっちに行ってみよう）

観覧車に乗る目的以外で、そちらまで登る入園者もけっこういた。特に園内を散歩する高齢者の中に、足腰を鍛えるためかそちらに向かう者が多かったようである。眺めのいい場所にベンチもあったから、観覧車に乗ったあとのカップルの姿もよく見られた。

そういうお客のことを考えてか、観覧車の近くに売店があった。飲み物の他、ポテトにアメリカンドッグといったスナック類を提供するところで、園の中心にあるフードコーナーほどメニューは多くない。営業も休日限定だ。

厨房とカウンターのみの小さな売店で、中に飲食スペースはない。買ったものは、売店前の簡素なテーブル席や、ベンチで食べることになる。

べつに、そこで油を売ろうと考えていたわけではない。ただ、喉が渇いていたから、ジュースでも飲もうかとは思った。

(あれ?)

坂を登り切ったところで、大きな声が聞こえてきた。どうやら売店でお客がクレームをつけているらしい。

(あ、あいつは——)

ステージ前で下品な野次を飛ばしていた、あの男に間違いなかった。姿が見えないと思ったら、こんなところに来ていたなんて。

今度はいったい何をやらかしているのか。圭一は足早にそちらに向かった。

「いいからビールを出せって言ってんだよ」

「でも、もうかなり飲まれてますし、このぐらいでおやめになったほうが……」

「うるせえなあ。金ならあるんだ。四の五の言わずに飲ませろよ」

どうやら男は、さっきから飲み続けているらしい。もはや泥酔に近い様子であり、店員が見かねて止めているのだろう。

困り顔で男と対応している女性店員に、圭一は見覚えがあった。初日に挨拶し、言葉を交わしていたのである。

(梶谷《かじたに》さんだ……)

梶谷幸江《さちえ》。年は三十ぐらいだろう。左手の薬指に指輪をしていたから、人妻のはず。そこはかとなく滲み出る色気があったから間違いない。

顔立ちは特に目立つところはないものの、おっとりして控え目な女性という印象がある。少なくとも、気が強いほうではない。

だから、あの男の注文を断るのにも、かなり勇気を振り絞っているのではないか。何とかしてあげなければと、圭一は駆け寄って声をかけた。

「ちょっと、あなた——」

こちらに気がついて、カウンター向こうの幸江が安堵の表情を浮かべる。やはり困っていたのだ。

「あん?」

振り返った男が、圭一を見るなり忌ま忌ましげに顔をしかめる。酔っていても、さっき注意をされたことは憶えていたらしい。

「何だよ、またお前か」

「あの、大変申し訳ないんですけど、他のお客様のご迷惑になりますので、ここはお引き取り願えませんでしょうか」

下手に出たのは、さっきよりも酔っているようだし、理不尽なキレかたをされる可能性があったからだ。どうにかなだめて、この場をおさめてもらおうとしたのである。

しかし、そう簡単にはいかなかった。

「うるせえなあ。自分の金で飲むのに、どうしてゴチャゴチャ言われなくちゃならねえんだよ。こっちの気も知らねえくせに」

まったく聞き入れる様子がない。これは力ずくで排除するしかないかと思ったとき、

「おれだって、飲みたくて飲んでるんじゃねえや」

吐き捨てるように言った彼の目に涙が滲んだものだから、圭一は戸惑った。

(え、何か事情があるのか?)

そして、彼が何かを握っているのに気がつく。どうやら写真らしい。

それを見て、圭一は閃くものがあった。

(もしかしたら、このひとも――)

実際、男は悔しげに顔を歪めると写真を見つめ、

「くそっ、おれの気持ちなんか、誰もわかりゃしねえんだ」

苛立ちをあらわにしたのである。

「いえ、わかります」

圭一がきっぱり告げると、彼はギョッとした顔を見せた。

「何がわかるっていうんだよ!?」

「おれも、あなたと同じですから」

「え?」

「お子さんは、息子さんですか？　それとも、娘さん？」

「……む、息子だよ」

おそらく、手にした写真には、その子が写っているのだ。

「おれは娘です。一年前に離婚して、それで離れ離れになったんです」

そこまで打ち明けたのは、男も同じに違いないと悟ったからだ。何か根拠があったわけではなく、直感でわかったのである。

「そうか……おれは三カ月前に、女房と別れたんだ」

そう言って、男が拳で目許を拭う。やはりそうだったのだ。

「じゃあ、この遊園地へは、息子さんとよく来ていたんですね」

「ああ。あいつは——洋介《ようすけ》は、観覧車が大好きだったんだよ」

同じ境遇だとわかったことで、共感を抱いたようである。男は素直に答えた。

「おれも、娘とここに来ていたんです」

「じゃあ、そのときから、ここで働いていたのかい？」

「いえ。ここに就職したのは、勤めていた会社が先月倒産したからなんです」

「そうだったのかい……」

同情の眼差しを見せた男に、圭一はホッとした。これでおとなしくなってくれると思ったのだ。

ところが、事態は予想もしなかった展開を示す。

「悪かったな、迷惑かけて」

「いえ。飲みたくなる気持ちはわかります。ただ、あまりみっともないところを見せたら、息子さんが悲しみますよ」

「そうだな……よし、だったら、最後の一杯を付き合ってくれ」

「え？」

「あの子のためにも、今日はあと一杯だけでやめておく。だけど、是非あんたといっしょに飲みたいんだ」

どうやら気に入られたらしい。同病相憐《あいあわ》れむではないが、仲間だと認めてくれたようだ。

「いや、だけど、おれは仕事中なので」

「かまわねえだろ。客のおれがこうして頼んでるんだ。従業員なら従うのが鉄則じゃねえか」

「それは、でも……だいたい、おれは飲めないんですよ」

コップ一杯のビールで真っ赤になるぐらい、アルコールに弱い体質だ。しかし、そんな理屈が酔っ払いに通用するはずがない。

「飲めないってのは、飲まないからなんだよ。ちゃんと飲めば、飲めるようになるんだから」

やはり酔っているから、言うことが無茶苦茶である。まあ、こんな相手に理性的な対応を求めるほうが、どだい無理な話なのだ。

（ええい、乗り掛かった船だ）

圭一は仕方ないと諦めた。ひと口ぐらいで勘弁してもらおうと、甘いことを考えて。

「おい、生ビールをふたつだ」

男が幸江に告げる。彼女は圭一のほうに、《いいんですか？》という不安げな面持ちを見せた。

「出してあげてください。これで最後にしますから」

そう答えるとと、幸江は戸惑いながらもクリアカップの生ビールを二杯、カウンターに出した。

「千百円になります」

「よし。それじゃ、そっちで飲もう」

男は売店前の簡素なテーブル席に、圭一を誘った。

4

気がついたとき、圭一は見知らぬ場所で寝かされていた。

(……あれ、ここは？)

油の香ばしい匂いが漂っている。畳敷きのそこは、どうやら休憩スペースらしい。ふたりぐらいしか横になれない手狭な部屋で窓もなく、一方に襖があるのみだ。そこで二つ折りにした座布団を枕にして、横になっていたのである。

いったいどこにいるのかと考え、そもそも自分が何をしていたのか思い出す。

たしか、同じ境遇の男に付き合うよう求められ、売店前のテーブルでビールを飲んだはずだが――。

（ああ、そうか。酔って倒れたんだな）

飲めないから、ひと口で許してもらおうと思ったのだ。けれど、彼が許してくれなかったものだから、半ばヤケを起こしてカップを空けたのである。

そこからあとは記憶がない。

頭がどんよりして重いのは、酔いつぶれた後遺症なのだろう。あとはからだが怠いだけで、吐き気もない。この程度ですんだのは、むしろ幸いだったのではないか。

（ということは、おれがいるここは……）

最初の疑問に戻ったところで、襖がすっと開けられる。

「ああ、起きられたんですね」

畳に上がって膝を進め、真上から覗き込んできたのは、売店の店員である幸江だった。頭の三角巾をすでにはずし、後ろで束ねた黒髪を見せているものの、オレンジ色のエプロンは着けたままだ。

「……えと、ここは？」

「休憩スペースです、売店の奥の」

言われて、襖の向こうに視線を向けると、生ビールのサーバーやフライヤーが見えた。今日はひとりでお客と対応していたようだが、何人かで働くときには、順番に食事や休みをとるのだろう。

「じゃあ、梶谷さんが、おれをここへ？」

「はい。憶えてらっしゃいませんか？」

「ええ……」

「でも、わたしが助け起こしたら、大丈夫ですって何度もおっしゃって。いちおう肩を貸したんですけど、足取りもけっこうしっかりしていましたよ」

酔っていながらも、迷惑をかけまいとしたようだ。あの男とはえらい違いじゃないかと自画自賛する。

「おれ、だいぶ長く寝てましたか？」

「いえ、一時間ぐらいですよ」

「すみません。ご迷惑をおかけして」

「そんなことありません。どうせこの場所は空いていましたから。あ、売店のほうはもう終わってますから、まだゆっくり休んでいらしていいですよ」

「いや、そういうわけには……でも、もう終わりなんですか？」

「ここは三時半で終了なんです」

キッディーランドの営業終了時刻は、休日は午後六時であるが、ここの売店はそれより早めに終えるようだ。

「あ、そう言えば、あの男のひとは？」

「逃げちゃいました」

「え、逃げたって？」

「藪野さんが倒れたのを見て、まずいと思ったみたいです。あとは任せるとわたしに言い残して、さっさと行ってしまいました」

なんてだらしのないやつなのかと、圭一はあきれ返った。やはり本当は気が弱くて、酒の力を借りないと強く出られないようだ。

（そんなふうだから、妻子に逃げられるんだよ）

自分のことを棚に上げて、胸の内で罵る。彼はみのりだけでなく、幸江にも迷惑をかけたのだから。

と、幸江が頬を染めて目を伏せる。仰向けのまま彼女を見あげていた圭一はドキッとした。人妻の恥じらいの表情が、やけに色っぽかったのだ。

（あれ、こんなに綺麗なひとだったっけ……）

と、うろたえてしまうほどに。

「あの……ありがとうございました」

「え？　ああ、いや、かえって面倒をおかけしたみたいで」

「そんなことありません。藪野さんがあのひとと対応してくださったおかげで、わたしはとても心強かったんです」

「いや、そんな」

怪我の功名とは言え、面倒なお客を追っ払えたのだ。とりあえずうまくいったと見るべきか。

ただ、酔って前後不覚に陥るという醜態を見せた手前、お礼を言われるのはかえって心苦しい。

（ていうか、吐いたりしなかったんだろうな……）

そんなことも心配になる。口内に痕跡が感じられないから、たぶん大丈夫だとは思うのだが。

「まあ、面倒なお客がいなくなったから、良しとしましょう」

「本当に。それから、藪野さんが元気になられてよかったです」

「え、おれがですか？」

「ええ。ビールを飲んだあと、顔が真っ青になっていましたから」

飲めないくせに無理をしたせいだ。ただ、そのおかげであの男は、まずいことになったと逃げ出したわけである。

「もう平気なんですよね？」

「ああ、はい。ひと眠りしたおかげで、元気になりました」

「そうですね。すごく元気みたい……」

気まずげに口ごもった幸江が、視線をチラッと他へ向ける。それを追った圭一は、顔から火を噴きそうになった。

（うわ、何だってこんな――）

知らぬ間にペニスが膨張し、ズボンの前をあからさまに盛りあげていたのだ。ほんの一時間程度でも、眠ったせいで朝勃ちを起こしたのか。いや、それだけではあるまい。

真知子に愛撫されたり、みのりの太腿やパンチラに目を奪われたりと、午後からずっと昂奮状態が続いていたのだ。それが生理現象に拍車をかけ、勃起を著しくさせたに違いない。

「す、すみません。あの、これは」

弁明しようとしたものの、相応しい言葉が見つからない。今さら股間を隠すこともできず、圭一は狼狽するばかりであった。

するど、幸江が首を小さく横に振る。

「男のひとがこうなるのは、自然なことなんですから」

落ち着いた口調で言われ、居たたまれなさがすっと消える。慈しむような眼差しにも、心が安らぐようだった。

(そうか……人妻だから、こういうのは見慣れてるんだな)

夫の朝勃ちを目にすることもあるのだろう。ただ、見るほうはそれでよくても、見られるほうの肩身が狭いのに変わりはない。

おまけに、視線を浴びるそこが、目にも明らかなほど脈打っていたのだから。

「でも……すごいわ」

幸江が感嘆し、ほうとため息をつく。羞恥がぶり返し、圭一はたまらず顔を反対側へ向けた。

そのため、彼女が隆起に手を差しのべたことに気がつかなかった。

「あふッ」

喉から喘ぎの固まりが飛び出し、腰がガクンと跳ねる。悦びを求めて疼いていた分身に、いきなり甘美な刺激を受けたのだ。

それは人妻のしなやかな手指であった。欲望の高まりに被せ、揉むように動かしている。

「あ、ああ」

圭一は腰をよじり、快さに悶えた。ズボン越しに、しかも遠慮がちに触れているだけなのに、目がくらむほど気持ちよかったのだ。

(そんな……どうして——)

考えてみれば、オナニーしようかと考えるほど、高まっていたのである。謂わば焦らされた状態だったのであり、だからここまで感じてしまうのかもしれない。

いや、そんなことよりも、どうして彼女がこんなことをするのか。思ったことはすぐ行動に移すタイプの真知子とは異なり、おとなしそうな女性に見えたのに。

「こんなになって」

幸江がやるせなげにつぶやき、布越しに筒棒をしごく。歓喜にしゃくり上げるそれが、熱い粘りを尖端に滲ませる感覚があった。

(だ、駄目だよ、こんなの——)

彼女の目的はわからないものの、こんなことをさせておいていいはずがない。何しろ、彼女は人妻なのだから。

もっとも、同じ人妻である真知子とは、セックスまでしたのである。今日も手でしごかれたのであり、今さら聖人ぶっても遅い。

「……藪野さん、奥様と別れたんですね」

幸江が手にした高まりを見つめたまま言う。圭一は「え?」となった。

「それに、娘さんとも離れ離れなんて……」

彼女にそこまで打ち明けてはいなかったものの、さっきの男とのやりとりを聞いてわかったのだろう。

(だから気の毒だと思って、こんなことをしてるっていうのか?)

実際、強ばりを揉みしごく動きには、慈愛が込められているようである。

「もう新しいお相手は見つかったんですか?」

唐突な審問に、圭一は戸惑いつつ「い、いいえ」と答えた。

「じゃあ、こんなに硬くなるのも無理ないですね。まだお若いんですから」

セックスをしていないから欲望が溜まっていると言いたいのか。やりたい盛りの若者みたいに見られている気がして、恥ずかしくなる。そのため、

「も、もう若くないですよ。三十五なんですから」

と、照れ隠しの言葉を口にした。

「あら、わたしと三つしか違わないじゃないですか」

人妻がムキになって反論する。自分まで若くないと言われた気になったようだ。

「い、いえ、梶谷さんはお若いですけど」

実際、圭一は彼女を三十路《みそじ》ぐらいだと思っていたのだ。

(そうか……梶谷さんは三十二歳か)

肌も綺麗だし、今は仕事柄抑えているようだが、メイクをすればもっと若く見えるのではないか。もっとも、人妻の色気は隠せないだろうが。

「藪野さんも、ここはとってもお若いですよ」

牡のシンボルを握り込み、幸江が感心したように目を細める。悦びが高まり、圭一は腰を震わせて呻いた。

「ホント、鉄みたいに硬いわ。ウチの主人のほうが藪野さんより年下ですけど、ここまでにはなりませんもの」

どこか不服そうな面持ちで言ったのは、満たされた夫婦生活ではないからか。

それも、旦那が淡泊というだけではなさそうな気がする。

(梶谷さんのところも、セックスレスなのかも)

感じからして子供はいないようである。だが、結婚生活が長ければ、夜の営みも回数が減るだろう。

だから欲求不満で、猛る牡のシンボルを目にしただけで、たまらなくなったのだとか。思ったものの、さすがに本人には確認できなかった。

ただ、離婚したことに同情を示したのは、自身の結婚生活もうまくいっていないからだと解釈できる。

そんなことを考えていると、幸江が高まりから手を離した。

(え、もう終わり?)

こんなことをさせちゃいけないと思ったはずなのに、いざやめられると落胆が大きい。おまけに、途中で終わった真知子との戯れに続いて、またもナマ殺しとは。

ところが、しなやかな指がベルトをはずしだしたのだ。

「え、な、何を?」

わかっていながら問いかけると、幸江は手元を見つめながら答えた。

「こんなに大きくなったら苦しいでしょう?　助けていただいたお礼に、楽にしてあげますから」

楽にするというのが、単に脱がせて勃起を解放するという意味ではないことぐらい、容易に想像がつく。

「いや、でも……」

かたちばかりのためらいを示しても、彼女の手は止まらなかった。ズボンの前を開き、隆々とテントを張ったブリーフをあらわにする。頂上部分は滲み出たカウパー腺液で濡れていた。

「あら、もうエッチなお汁が出てたんですね」

幸江が白い歯をこぼす。恥ずかしいシミを見られて、圭一は頬が熱く火照るのを覚えた。

「さ、おしりを上げてください」

言われたとおりにすると、ズボンとブリーフをまとめて脱がされる。下着のゴムに引っかかった肉根が勢いよく反り返り、下腹をぺちりと叩いた。

(うう、見られた)

いきり立つ分身を晒し、羞恥にまみれる。だが、恥知らずなムスコは、もっと見てとばかりに頭を振った。

「すごい……こんな──」

生々しい肉色を呈する牡器官を、幸江はうっとりした面持ちで見つめた。再び手を差しのべ、強ばりきったそれを、今度は直に握る。

「くはぁ」

ほんのり冷たい手指が、涙ぐみたくなるほど快い。包み込むような柔らかさにも、陶酔の心地を味わった。

(すごく気持ちいい……)

つい真知子の手と比べそうになったものの、今の感触が鮮やかすぎて、他のものを思い出せない。

「立派だわ」

感に堪えないふうに言い、年下の人妻が手を上下に動かす。ズキズキと疼いていたペニスが、蕩ける悦びにまみれた。

「ああ、あ、あああ」

堪えようもなく声をあげてしまう。腰が自然と浮きあがり、けれど快感に浸っているから長く持たず、畳の上にすとんと落ちた。

「ゴツゴツしてるわ。本当に元気なんですね」

幸江は外側の包皮を、緩やかに上下させていた。握り方も強くなく、もどかしい感じの愛撫だ。

それゆえに、このまま果てることなく、ずっとしごかれ続けたくなる。

「また透明なお汁が出てきましたよ」

赤黒く腫れた亀頭のてっぺん、魚の口みたいな鈴割れに溜まった先走り液が、粘膜の丸みを伝う。被さっては剝ける包皮に巻き込まれ、ニチャニチャと卑猥な粘つきをたてた。

「あん、こんなに……わたしの手、気持ちいいですか？」

「ええ、とても」

息をはずませて答えると、彼女は満足げな笑みをこぼした。

「いいですよ。このまま出してください」

しなやかな指がリズミカルに筒肉をしごく。さらに、もう一方の手が真下のフクロにも添えられた。

「うううウッ」

牡の急所をすりすりと撫でられ、くすぐったさの強い悦びが腰の裏ではじける。圭一は腰を浮かせ、太腿をピクピクと痙攣させた。

（ああ、そんなところまで……）

気持ちよくしてあげたいという思いが伝わってくる、慈しむような愛撫。鼠蹊部が甘く痺れ、尻の穴を引き絞らずにいられない。でないと、すぐに昇りつめそうだったのだ。

だが、そうなることを幸江は望んでいたのである。

「アタマがこんなに腫れちゃって、何だかつらそうだわ。さ、遠慮しないで、いっぱい出して」

熱っぽい口調で促し、陰嚢を揉み撫でながら硬い肉棒をこする。ふたつの動作がシンクロして、性感曲線が急角度で上向いた。

「あ、あ、もう――」

頭の中にピンク色の雲が広がり、目の奥が歓喜に絞られる。こんなに早く果てるのはみっともないという男のプライドも、ふくれあがった悦びでたちまち砕かれた。

（ええい、梶谷さんがいいって言ってるんだから）

意地を張って我慢するのは、かえって彼女に負担を強いることになる。ここはお言葉に甘えて、素直に従うべきだ。

そう考えるなり、まるで待ち構えていたみたいに、絶頂の波が押し寄せた。

「くうう、出ます」

声を震わせと、ふたつの手がいっそう大きく動く。ペニスを握る握力も強まった。

「いいですよ。あ、あ、また硬くなった」

甘美な震えが全身に行き渡り、理性が木っ端微塵にされる。あとはハッハッと喘ぎながら、圭一は腰をざくしゃくとはずませた。

びゅるんッ――。

熱い固まりが屹立の中心を貫く。さらに二陣三陣が後を追い、勢いよく宙へ噴き上がった。

「あ、すごい。こんなに――」

白濁のエキスがほとばしるあいだ、幸江が手を動かし続ける。おかげで快感が長く続き、圭一は桃源郷の気分を味わった。

5

エプロンのポケットに入っていたハンカチで、飛び散ったザーメンが拭われる。

「たくさん出たわ……」

つぶやいて、幸江が悩ましげに眉根を寄せる。小鼻がふくらんでいたから、漂う青くさい匂いを嗅いだのだろう。

圭一は畳に手足をのばし、ぐったりとなっていた。

(気持ちよかった……)

オルガスムスの余韻がまだ続いている。真知子の寸止めのあと、ようやく射精できたためもあったのだろう。快い気怠さにどっぷりとひたっていると、からだのあちこちが思い出したようにピクッと震えた。

それでも、後始末をすべて任せるのは心苦しく、圭一は頭をもたげた。

(え？)

人妻の顔を見てドキッとする。頬を赤らめ、どことなく憂いを帯びた美貌が、これまでになく色っぽかったからだ。

そして、熟れ腰が物欲しそうに揺れている。

(梶谷さん、男が欲しくなってるんじゃないか？)

精液の匂いに欲望を刺激されたのだとか。いや、その前に逞しいシンボルを手にしたときから、自らの中に迎え入れたくなっていたのかもしれない。

そんなことを考えて、圭一は再び昂ぶった。萎えかけていた分身が、血流を呼び戻すほどに。

「まあ」

満足を遂げたはずの牡器官が、またも天井を向いてそそり立ったものだから、幸江が驚きを浮かべた。

「あんなに出したのに、まだ元気なんですね」

咎めるような眼差しを向けられ、圭一は肩をすぼめた。

「すみません」

謝りながらも、彼女の瞳に欲望の光が宿ったのを見逃さなかった。

「ホント、お若いんですね」

皮肉で言ったわけではないのだろう。幸江は筋張った肉胴に指を回し、キュッと力を加えた。

「むうう」

鈍い痛みを伴った快感に、腰が自然と浮きあがる。圭一は鼻息を吹きこぼし、分身に漲りを送り込んだ。

「硬いわ……」

つぶやいて、小さなため息をこぼす。潤んだ眼差しで勃起を見つめる人妻の、エプロンに包まれた腰が左右に揺れた。

（やっぱり、したくなってるんだ）

人妻だって、夫以外の男を求めたくなるときがあるのだ。真知子もそうだったし、幸江もその心境になりつつある。そもそもペニスを直にしごいた時点で、不貞に足を踏み入れたようなもの。

しかしながら、彼女はそうやすやすと行為に及ぶような女性ではなかった。

「じゃあ、もう一度出してあげますね」

握った手を上下させ、年上のバツイチ男に奉仕する。一度は鎮まった快感が、またふくれあがった。

「あ、あふ……」

圭一は喘ぎ、腰をブルッと震わせた。だが、そのまま悦楽に身を任せることには、ためらいを禁じ得なかった。

（どうせなら、梶谷さんとセックスしたい）

無理強いをするつもりはない。けれど、彼女が受け入れてくれるのなら、ひとつになりたかった。

「あの――」

思い切って声をかけると、幸江が顔をあげる。圭一と目が合うなり、うろたえたふうに視線を逸らせた。

「いいんですよ。また出しても」

取り繕うように言い、手の上下運動を速める。新たな先汁が滴り、亀頭粘膜を艶光らせた。

「ええと、できれば、梶谷さんの中で出したいんですけど」

行為を進展させる要請に、彼女は戸惑いを浮かべた。

「わたしの中って……お口でされたいんですか？」

フェラチオを求められていると勘違いしたようだ。

「いや、そうじゃなくて──」

熟れ腰のあたりをチラ見することで、ようやく悟ったらしい。

「そ、それは」

あからさまに狼狽を示したものの、嫌悪の情は示さない。むしろ、どうしようかと迷っているふうである。

「無理にとは言いません。だけど、おれも男だから、手でされるよりは、やっぱり女性とひとつになりたいんです。それに、おればかり気持ちよくされるのも申し訳ないし、できれば梶谷さんも感じさせてあげたくて」

理由を重ねることで、結局は無理強いのようになってしまう。もっとも、そのおかげで、幸江も受け入れやすくなったのではないか。

「……わかりました」

思い詰めた表情で首肯する。追い込んでしまっただろうかと悔やみつつ、色っぽい人妻と交われることへの喜びもふくれあがった。

「いいんですか?」

「はい……あ、でも、藪野さんはじっとしていてください」

「え?」

きょとんとする圭一を尻目に、幸江が強ばりの指をほどく。それから、エプロンの内側に両手を入れた。

彼女が穿いていたボトムは、食べ物を提供する仕事に相応しい、シンプルな白いパンツだった。逡巡の面持ちを見せたものの、それをつるりと脱ぎ下ろす。どうやら、中の下着も一緒に。

(本当にするんだ……)

下半身をあらわにされ、これから交わるのだという実感が高まる。だが、エプロンが邪魔して、剝き出しの腰回りはほとんど見えなかった。

「じゃ、しますね」

幸江がそそくさと腰を跨いでくる。

(え、濡らさなくていいのかな?)

挿入の前に愛撫を、できればクンニリングスをしてあげたいと思っていたのだ。

だが、恥ずかしいところを男の前に晒したくなかったのか、すぐに結合の体勢をとる。逆手で握った屹立を、エプロンの内側へと導いた。

もっとも、前戯の必要はなかったようだ。

(ああ、熱い)

亀頭が触れる女芯は熱を帯び、粘っこいものにまみれていた。幸江がペニスを動かし、先端を濡れ割れにこすりつけると、その部分がクチュクチュと音を立てたほどに。

「あん、こんなに……」

つぶやいた彼女が目許を朱に染める。人妻の色気が溢れる表情に、圭一は侵入間際の分身を雄々しく脈打たせた。

それで我に返ったふうに、幸江が上半身をピンとのばす。

「い、挿れますよ」

息を詰め、からだをすっと下げる。たっぷり潤滑されていた男女の性器は、やすやすとひとつになった。

「あああ」

圭一がのけ反って喘いだのと同時に、

「くぅーン」

人妻が子犬みたいに愛らしく啼《な》く。蜜穴に入り込んだ肉根が、温かな媚肉でキュウッと包み込まれた。まるで、小さな妖精が何人もしがみついているみたいに。

(ああ、梶谷さんとしてるんだ——)

感慨が胸に満ちる。この遊園地に勤めてまだ数日なのに、ふたり目の人妻と関係を持ったのだ。

離婚以来、とんと女性に縁のない生活を送ってきたが、運が向いてきたようだ。気の毒なバツイチ男に、神様が救いの手を差しのべてくれたのだろうか。

とは言え、相手はどちらも旦那のいる身だから、新たな伴侶にはなってもらえない。まあ、圭一自身、まだ再婚するつもりはないのだが。一度失敗しているから、おいそれと次を求める心境になれないところもあった。

後腐れなく愉しめるという点では、幸江も真知子も都合のいい相手である。などと言ったら、本人たちは気を悪くするかもしれない。

ともあれ、今はこのひとときを心ゆくまで堪能しよう。圭一は腰に乗った女体を、真下から突きあげた。

「はううッ」

幸江が首を反らして声を上げる。むっちりした太腿を、ワナワナと震わせた。

「あ、あまり激しくしないでください」

荒い息づかいの下からお願いされ、圭一は「あ、ごめん」と謝った。

「久しぶりだから、ちょっと苦しいの」

涙目になっているから、刺激が強すぎたようである。

(やっぱり旦那さんと、しばらくセックスしてなかったんだな)

濡れてはいても、ペニスを挿入される態勢は完全ではないらしい。ここは彼女のペースに任せたほうがよさそうだ。

呼吸を整えてから、幸江がそろそろとからだを浮かせる。股間に乗ったヒップが離れ、再び重みをかけてきた。

「おおお」

ヌメつく柔穴で、敏感な器官を余すところなくこすられる。圭一は背中を反らして呻いた。締めつけとヒダの粒立ち具合がたまらない。

(なんて気持ちいいんだ……)

女膣と秘茎がぴったり合っている心地がする。こういうのを、からだの相性がいいと言うのだろうか。

「はあ……」

深く息を吐いた幸代が、同じ動作を繰り返す。結合部がぬちゃッと卑猥な音をこぼした。

「ああ、梶谷さんの中、すごく気持ちいいです」

身をよじり、感動を込めて告げると、人妻が頬を赤らめた。

「そ、そんなこと、いちいち言わなくていいですから」

照れ隠しなのか、腰の上げ下げを速める。快感が高まり、圭一は牡のシンボルをいく度も反り返らせた。

「あん、元気……」

体内で暴れるものを感じたのか、幸江が悩ましげに眉根を寄せる。前屈みになり、リズミカルに尻を振り立てた。

「あ、あ、感じる」

声を震わせ、ハッハッと呼吸をはずませる。

圭一も蕩けるような快感にひたりつつ、物足りなさを覚えた。なぜなら、交わっている股間部分がエプロンで隠されて見えなかったからだ。

しっかり繋がっているのは間違いない。けれど、目でも確認したかった。それにより、悦びも高まるはずだから。

それにはどうすればいいのか、すぐに思いつく。

「あの、向きを変えてもらえませんか?」

この要請に、彼女はきょとんとした顔を見せた。

「え、向き?」

「おれに背中を向けて、跨がってほしいんです」

「ど、どうしてですか?」

「梶谷さんの素敵なおしりを見ながら、気持ちよくなりたいんです」

ストレートに告げると、人妻が恥じらう。ただ、褒められて悪い気はしなかったようだ。

「そんな……いやらしいひとね」

なじりながらも願いを聞き入れてくれたのは、肉体が歓喜に燃えあがっていたためもあるのではないか。強ばりを女芯におさめたまま、からだを一八〇度回転させる。

(ああ、素敵だ)

エプロンでは隠せない熟れ尻を目にして、胸に感動が満ちる。色白の丸みはふっくらと豊満で、人妻の色気をたっぷり溜め込んでいるかのよう。その柔らかな重みを、下腹でダイレクトに受け止めているのだ。

「こ、これでいいんですか?」

振り返った幸江の耳は、真っ赤になっていた。

「はい。とても綺麗なおしりですね」

「ば、バカ」

彼女が焦りを浮かべる。黙らせようとしてか、ヒップを上げ下げしだした。

「ああ、気持ちいい」

圭一は総身を震わせ、与えられる喜悦に酔いしれた。

「あん……こっちのほうが深いみたい」

幸江も喘ぎ、声を震わせる。圭一の膝に両手をついて前屈みになり、尻を大きく振り立てた。

その姿勢により臀裂がぱっくりと割れ、交わり部分が暴かれる。

（なんていやらしいんだ！）

谷底で収縮する、可憐なアヌスが見える。その真下で、無骨な肉棺が秘穴に出たり入ったりしていた。

血管を浮かせた筒胴に、粘っこい泡立ちがまつわりつく。そこに混じる白いカス状のものは、膣内にあった老廃物なのか。

淫靡で生々しい眺めに、昂ぶりがふくれあがる。圭一は丸みに両手を添え、彼女に動きに合わせて分身を送り込んだ。

「あ、あ、ああっ、き、気持ちいい」

よがり声が大きくなる。かき回される蜜窟が、グチュグチュと音を立てた。

「おれも、すごく気持ちいいです」

息をはずませて告げると、尻の穴がキュッキュッとすぼまった。まるで、早くイキなさいと促すみたいに。

「中に出して、い、いいですからね」

嬉しい許可を与えた幸江自身も、ぐんぐん高まっているようだ。双丘が上下運動だけでなく、左右にもくねりだしたからだ。さらに、クイックイッと前後にも色めいた動きを示す。

（うう、まずいかも）

締めつけも著しくなり、性感が急角度で上昇する。このままでは遠からずほとばしらせてしまうだろう。

快感を共有するために、セックスを求めたのだ。自分ばかり果ててしまっては、意味がないではないか。

できれば同時に昇りつめたいと、圭一は歯を喰い縛って秘苑を抉り続けた。ぷりぷりと躍動する熟れ尻を揉み撫でながら。

「ああ、お、おかしくなりそう」

幸江が乱れた言葉を発する。絶頂のとば口へ辿り着いたようだ。

（よし、もう少しだ）

より深くへと肉根を送り込み、速度もあげる。下腹と臀部の衝突が、パツパツと湿った音を鳴らした。

「ああ、あ、ダメ……イキそう」

いよいよ頂上が迫ったらしい。幸江の喘ぎがいっそう荒くなる。

「お、おれもです」

圭一が告げると、内部が強く締まった。

「い、いいわ。あああ、も、もう――」

半裸の女体が大きく反り返る。ギュッ、ギュッと収縮する豊臀に、筋肉の浅いへこみができた。

「い、イッちゃう、イクぅっ！」

「ううう、で、出る」

歓喜にわななく熟女の奥に、牡のエキスを噴きあげる。続けて二度目なのに、かなりの量があったようだ。

「ああ、あ、中が熱い……」

感極まったふうにつぶやいた幸江が脱力する。圭一の脚の上にうずくまり、背中を大きく上下させた。

大きく割れた尻割れの底、女芯に刺さったペニスが、徐々に力を失ってゆく。そのすぐ上で、愛らしいツボミがなまめかしくすぼまった。

（いやらしすぎる……）

卑猥な光景に、最後の雫が鈴口からじゅわっと溢れた。

第三章　透ける肌色

1

　その日は月曜日であったが、開演前のミーティングで総務担当から連絡があった。

「今日は近隣の小学校が、運動会の代休で休みになっています。入園者が増えると思いますし、小学生がいてもずる休みではなく、そういう事情であることをお含み置きください」

　そうすると、いつも以上に自由な振る舞いをする子供たちが多いかもしれない。圭一は我知らず顔をしかめた。

　休日でないから保護者同伴ではなく、子供たちだけで来園する者が多いだろう。つまり、監督する人間がいないということである。そうなると羽目を外しがちだし、傍若無人にはしゃぎまわる可能性が大だ。

特に小学生あたりは、夢中になると周りが見えなくなる。本能のままに動き回り、理性が働かない。

また、仲間が一緒だと、普段はいい子でも周囲に流されて、平気で好ましくない行動をとる場合がある。なまじ無邪気なだけに、始末が悪いとも言えよう。

そういう傾向を、圭一はキッディーランドに勤めて早々に学んだ。場合によっては素行の悪い不良たち以上に、扱いづらいということも。

今日はかなり注意しなくちゃいけないなと気を引き締めたとき、前のほうにいる真知子の姿が目に入った。彼女も視線に気づいたようで、こちらを見てわずかに頬を緩める。

けれど、それ以上親しげな態度を取ることなく、生真面目な面持ちで連絡事項をメモに取った。

(そう言えば、時田さんとはあれから何もないんだよな……)

女子トイレでペニスを愛撫され、射精に至らぬまま置いてきぼりを喰ったのだ。あれから一週間以上経って、そのあいだ顔を合わせたり、言葉を交わしたりすることはあったけれど、淫らな戯れは一度もなかった。

ちゃんと笑顔を見せてくれるし、特に避けられているわけでも、疎《うと》まれているわけでもない。しかしながら、初対面で肉体関係に至ったものだから、普通の交流ではもの足りなく感じるのも事実だ。

（もう、いやらしいことはしないって決めたのかな……）

人妻なのであり、夫以外の男にからだを許すのは好ましくないと、反省したのかもしれない。そうでないのだとしても、こちらから不貞行為を求めるのはためらわれる。

だが、もうひとつの可能性に思い至り、圭一は蒼くなった。

（梶谷さんとセックスしたのが、バレたわけじゃないよな!?）

そのため、節操がない男だと思われ、見限られたのではないか。

気になって、関係を持ったもうひとりの人妻を目で探す。今日は休みなのか、姿が見えなかった。まさか、あのことが知られたために、ここを辞めたわけではあるまい。

売店を閉めたあとに、奥の休憩室で交わったのである。誰かに見られたはずがないし、幸江が自ら洩らすとも思えなかった。

ただ、あの時間帯、圭一は行方知れずになっていたわけである。どこで何をしていたのかと、密かに調べられたとしたら——。

（バレたことを知らないのは、実はおれだけだったりして）

不吉な推測ばかりが浮かび、疑心暗鬼に陥る。いずれ自分も糾弾され、解雇されるのではないか。

せっかく就職したのにと、泣きそうになる。

冷静に考えれば、そんなスパイじみたことをする人間が、この遊園地にいるわけがない。真知子にしたって、こちらの行動をいちいち詮索するヒマなどないのである。

要は勤務時間中に、しかも園内で人妻とからだを重ねたことに罪悪感があるから、杞憂に過ぎないことをあれこれ考えるのだ。

ミーティングが終わり、皆がそれぞれの持ち場に移動した後も、圭一はその場に残っていた。まだ負の思考ループから抜け出せていなかったのだ。

「……さん。藪野さん」

何度か呼びかけられ、ようやく我に返る。

「え？　あ――」

目の前に、真知子がいたものだから心臓が止まりそうになる。他のスタッフは全員、ミーティングルームからいなくなっていた。

「どうしたの？　心ここにあらずみたいだけど」

小首をかしげられ、頬が熱くなる。きっとぼんやりして、間の抜けた顔をしていたに違いない。それを見られてしまったのだ。

「あ、えと」

羞恥にまみれてうろたえたものの、圭一は内心で安堵していた。少しあきれたような表情を浮かべている年上の人妻は、つい今し方想像していたみたいに、自分を見限っているわけではないとわかったからだ。

その証拠に、彼女が思わせぶりな笑みを浮かべる。

「ははあ、そういうことね」

うなずかれ、圭一は「え、何がですか？」と訊ねた。

「わたしがあまりかまってあげなかったから、寂しかったのね」

目を艶っぽく細めての断定を、否定することができなかった。当たらずといえども遠からずだったからだ。

「ああ、あの……」

ひょっとして、今ここで何かしてくれるのか。期待がふくらんだものの、真知子は残念そうに肩をすくめた。

「わたしから始めておいて、今さらこんなことを言うのもなんだけど、ああいうことってよくないと思うのよ。だって、わたしには旦那がいるんだし、數野さんだって、いいのかなって迷うところがあるんじゃない？」

「まあ、それは……」

「やっぱり不毛だし、もうやめたほうがいいなって考えてたの。ただ、數野さんは男だから、不毛でもいいからスッキリしたくなることがあるだろうけど」

射精することしか考えていないと言われた気がして、居たたまれなくなる。とは言え、そういう部分が無きにしも非ずだったのは否めない。

「そういうことだから、もうエッチなことは期待しないでね」

「はあ、わかりました」

いちおう納得したものの、あるいは物欲しげな顔をしていたのだろうか。真知子が仕方ないという面持ちでため息をついた。

「じゃあ、今日で最後だからね」

「え？」

戸惑う圭一を尻目に、彼女が出入り口へ向かう。ドアを内側からロックして、また戻ってきた。

そして、年下の男の前にすっと膝をつく。

「あ、あの」

「じっとしてなさい」

たしなめる言葉を口にして、ベルトに手をかける。弛めてズボンの前を開き、ブリーフごと足首までおろした。

「あら、勃ってないの？」

あらわになった牡器官を目にして、真知子が不服そうに眉をひそめる。せっかく気持ちよくしてあげようと思ったのにと、顔に書いてあった。

それでも、諦めることなく手を差しのべ、うな垂れた秘茎に指を巻きつける。

「おおお」

ムズムズする快さが生じて、圭一はたまらず呻いた。

「ふふ。すぐに大きくなるのね」

口許をほころばせた人妻が、愉しげに指を動かす。揉むようにしごかれ、ふくらみつつあったペニスがたちまち上向いた。海綿体を充血させ、ピンとそそり立つ。

「勃起しちゃった。本当に元気だわ」

回した指に強弱をつけ、彼女は目を淫蕩に潤ませた。「すごく硬い」とつぶやき、悩ましげに眉根を寄せる。

「と、時田さん」

声を震わせて呼びかけると、真知子がチラッと視線を上に向ける。だが、何も答えず、屹立に顔を寄せた。

「男の匂い……」

小鼻をふくらませ、うっとりした表情をこしらえると、ピンク色の舌を唇からはみ出させた。そして、筋張った肉胴を下から上へと舐めあげる。

「あああッ」

ゾクッとする愉悦が背すじを駆けのぼり、圭一は腰を左右に揺らした。

真知子は何度も舌を這わせ、牡の強ばりに唾液を塗り込めた。筒肉が淫らにヌメり、鈴割れから透明に汁がこぼれたのを見ると、ふくらみきった頭部を口におさめる。

ちゅぱッ――。

軽やかな舌鼓と同時に、目のくらむ悦びが脳天を突きあげる。

「くうう」

息を荒ぶらせて呻き、膝を崩れそうにわななかせてしまう。なおも敏感な粘膜をペロペロとねぶられ、くすぐったさの強い快感に腰をよじらずにいられなかった。

最初に彼女からフェラチオされたときには、手で充分に高められたあとだったため、たちまち昇りつめてしまった。それだけに、今は丹念な舌づかいが新鮮で、悦びも大きい。

（このまま口に出させるつもりなのか？）

急速に上昇する予感があり、圭一は焦った。口内発射は最初の時にもしたが、やはり申し訳ないし抵抗がある。それに、これから仕事を始めるというのに、息がザーメンくさくなったらどうするのか。

そのとき、真知子がペニスから口を外したのは、けれど圭一と同じことを気にしたからではなかったようだ。

「ふう」

ひと息ついて立ちあがる。瞳に情感と愁いを湛え、間近でじっと見つめてきた。

「出したい？」

ストレートな問いかけに、圭一はナマ唾を呑んだ。

「え、ええ」

「じゃあ、その前にキスして」

ローズピンクの上品な口紅が塗られた唇が、そっと突き出される。かすかに蠢くそれが、早く吸ってと誘っていた。

花に誘われる蝶のごとく、熟女にくちづける。ふにっとした柔らかさと、わずかなベタつきを感じるなり、圭一は脳の中心が痺れるのを感じた。

（時田さんとキスしてる――）

自覚するなり、全身が熱くなる。かぐわしい吐息とともに舌が差し入れられ、理性がくたくたと弱まるようだった。

気がつけば、甘い香りのするボディを抱き締め、唇を貪っていた。

「ンぅ」

真知子が悩ましげに眉根を寄せる。くちづけを交わしたまま牡の猛りを握り、唾液で湿ったそれをしごいた。

「むうぅ」

圭一は鼻息を吹きこぼし、うっとりする快感にひたって裸の下半身をくねらせた。

濃厚な接吻と愛撫に、甘美が全身を包み込む。迫ってきた頂上に抵抗するすべはなかった。

それを察したのか、人妻がくちづけをほどく。

「出そうなの？」

潤んだ眼差しで訊ねられ、圭一ははずむ息づかいの下から「はい」と答えた。

「じゃあ、出るところを見せて」

ふたり寄り添って立ったまま、そそり立つ分身をシコシコとこすられる。雄々しく脈打つそれは、鈴割れから透明な雫を滴らせていた。

「こんなに濡らして」

粘っこい先汁がクチュクチュと泡立つ。それは人妻のしなやかな指も淫らにヌメらせた。

そうやって硬い棹《さお》を愉悦にまみれさせながら、真知子はもう一方の手で圭一の尻を撫でた。さらに、指先を臀裂に沿ってすべらせ、汗で湿った谷をくすぐる。

「ああ、あ、くうう」

背すじがムズムズして、悦びが一気に高まる。呼吸が荒ぶり、尻割れをすぼめずにいられなかった。

「あん、すごく脈打ってる」

手指の動きが速くなる。後戻りできないところまで、圭一は高まった。

「ああ、で、出そうです」

「いいわよ。出して」

臀裂に深く忍び込んだ指が、アヌスをこする。それにより、忍耐があっ気なく砕かれた。

「あ、い、いく」

呻くように告げるなり、めくるめく瞬間が訪れる。腰が自然と前後に揺れ、粘っこい固まりがいく度もほとばしった。

「やん、出た」

ペニスが脈打つことで、ザーメンが縦横に飛び散る。そこから日を離すことなく、真知子は手を動かし続けた。

最後に、根元から先端に強くしごいて、尿道に残っていた分をトロリと溢れさせる。

（……ああ、出しちまった）

床にのたくる白濁汁を眺め、圭一は倦怠にまみれた。たち昇る青くさい精臭にも、もの憂さを募らせる。

するると、彼女がからだの位置をすっと下げる。手にした肉茎を、再び口に入れた。

「ああ、あ、そんな」

射精後の過敏になった亀頭をピチャピチャとしゃぶられ、腰の蝶番《ちょうつがい》がはずれそうになる。膝も笑い、立っているのがやっとだった。

丁寧にクリーニングを施してから、真知子が牡器官を解放する。唾液に濡れたそれは、力を失ってうな垂れた。

「これで最後だからね」

こちらを見あげた彼女に告げられ、圭一は「はい……」と力なくうなずいた。

2

ミーティングで総務から連絡があったとおり、開園と同時にかなりの数の小学生が入ってきた。平日だから空いていると見越したのだろう。何人かの仲間連れで来た子供たちが多かった。

そして、予想したとおり、かなりテンションが高いようだ。ひとつのアトラクションが終われば次を目指して全力疾走。端《はな》っから奇声をあげまくりである。

「ほら、気をつけて」

圭一がかける声も、ほとんど耳に入っていない様子だ。特に男の子たちは鼻息も荒く、文字通り暴走気味である。

（まったく、親はどんな教育をしているんだ？）

足を引っかけて転ばしたい衝動をぐっと抑えつつ、心の内で憤る。もっとも、いくら親が厳格に躾《しつ》けたところで、子供には子供同士の世界がある。すべての行動を管理するなんて無理なのだ。

いちおう父親であるから、そのぐらいのことはわかる。だからこそ、彼らを怒鳴りつけられない部分もあった。

とにかく事故が起きないよう、注意するしかない。圭一はいつも以上に目を凝らし、子供たちを見守った。

もっとも、午前中は歩き回るのがつらかった。仕事前に濃密な射精を遂げたせいで、しばらく足腰が怠かったためである。

それでも、巡回に集中することで、次第に楽になる。

「おい、あっちだぜ」

後ろから声がするなり、圭一の脇を子供たちの集団がバタバタと走り抜けていく。園内の狭い道も関係ない。最後のひとりが持ったバッグが脚にぶつかったものの、お詫びも振り返りもしなかった。

（まったく、なんて連中だ）

背格好からして、小学校高学年であろう。学校では下級生のお手本にならねばいけないはずで、そろそろ物の道理をわきまえてもいい年頃なのに、まるっきりガキもいいところではないか。

いっそ転ぶか、どこかにぶつかるかして、痛い目に遭えばいい。そうなりますようにと願いつつ、いや、呪いつつ、圭一は喉まで出かかった怒鳴り声を呑み込んだ。キッディーランドにはこうるさい巡回員がいるみたいな噂がたっても困るからだ。

だが、駆けていった少年たちの行く手を確認し、まずいぞと焦る。彼らは着ぐるみのキャラクターにちょっかいを出していたのだ。

クマまんという名前の愛嬌のあるクマは、キッディーランドのマスコットである。今日は天気が良く、普通にお日様を浴びても汗ばむぐらいなのだ。毛むくじゃらの着ぐるみの中は、かなりの高温に違いない。

クマまんの着ぐるみは、基本的に休日しか現れない。今日は小学生の子供たちが来るということで、特別に出したのだろう。

前に見かけたときには、幼い子供を連れた親から、写真撮影を求められていた。また、子供たちも喜んで抱きついていた。

マイナーながらも慕われるキャラクターだが、着ぐるみの構造や素材のせいか動きづらそうで、常によたよたしている。視界も悪いに違いなく、中の人間はかなり苦労しているのではないか。

しかしながら、無軌道な子供たちに配慮を求めることは無理だ。現に、少年たちは着ぐるみを取り囲み、はしゃぐフリをして小突いている。叩いたり、蹴ったりもしているようだ。

これは放っておけないと、圭一は駆け寄った。

「こらっ、クマまんをいじめちゃ駄目じゃないか」

大きな声で注意すると、一同がギョッとした顔をこちらに向ける。それから、蜘蛛の子を散らすみたいに逃げていった。

（まったく……）

今にも転びそうにフラついていた着ぐるみを、圭一は急いで支えた。それでどうにか立ち直ったようである。

「だいじょうぶですか？」

声をかけると、着ぐるみが無言でうなずく。だが、暑いだろうと頭を外してあげようとすると、両手で押さえて拒んだ。

そのとき、近くに幼い子供たちいることに気がつく。声を出さないのも含めて、子供の夢を壊してはいけないと考えてのことだとわかった。

そこで、圭一もそれに合わせた。

「みんなは、クマまんと仲良くしてあげてね。さ、おいで」

手招きすると、子供たちが笑顔で寄ってきた。乱暴などせず、優しくふれあうのを見て、これなら大丈夫だなと安堵する。

そこへ親子連れも集まり、順番に写真撮影が始まる。心配なさそうなのを確認して、圭一はその場を離れた。

（今度あいつらが何かしたら、きっちり叱ってやらなくちゃな）

甘い顔をするからつけあがるのである。いけないことはいけないと言ってやらないと、行動を改められないのだ。

圭一は巡回しながら、あの少年たちがどこにいるのかと探した。しかし、けっこう歩き回ったのに姿が見えない。アトラクションを遊び尽くして、もうキッディーランドを出てしまったのか。

だが、ミラーハウスやコインゲームコーナーなど、室内のアトラクションもある。そちらにいて目に入らないだけかもしれない。

少なくとも、騒ぎを起こしていないのなら大丈夫かと、圭一は警戒を解いた。

そして、そろそろお昼だから、休憩に入らせてもらおうかと思ったとき、

(あ、あれは)

前方に、例の少年たちを発見する。

奇妙なことに、あれだけ騒いでいた連中が、少しも声を出していない。それどころか肩を寄せ合い、神妙な顔つきだ。

いや、よく見ると泣きそうになっている。

(何かあったのか?)

そこはさっき、彼らが着ぐるみをいじめていたところだ。まさか、また何かやらかしたのか。

圭一は急いでそこへ向かった。

「おい、どうした——」

声をかけようとして、すぐに気がつく。道の脇に大きな木があって、その根元に着ぐるみが坐り込み、もたれかかっていたのだ。

「何かやったのか、君たちっ！」

声を荒らげると、少年たちの肩がビクッと震える。すると、中のひとりが隣の少年を指差した。

「タケシがドロップキックを……」

「何だよ。お前だって」

「あと、ヒロシも叩いたし」

「チクるなよ、バカ」

互いに責任を転嫁し合う。だが、単に罪を逃れようとしているのではなく、とんでもないことをしでかして混乱しているふうだ。

（やりすぎたって、わかってるんだな）

本物の悪童だったら、動かなくなった着ぐるみに、さらに暴行を加えるだろう。そうしないで立ちすくんでいたのだから、反省の気持ちは充分にあるのだ。

だとすれば、これ以上責める必要はない。

「今日は暖かいから、クマまんも大変なんだ。ちょっとしたことでも倒れそうになるぐらいだから、蹴られたり叩かれたりしたら、こんなになっちゃうのも当然だよ」

静かな口調で言い聞かせると、少年たちはしゅんとなった。

「ごめんなさい」

「すみません……」

促さなくても、謝罪の言葉を口にする。

「おじさんにじゃなくて、クマまんに謝らなくちゃ」

そう言うと、彼らは坐り込んだ着ぐるみの前に行き、素直に「ごめんなさい」と頭を下げた。すると、グロッキーだったクマが、右手を小さく挙げて何度もうなずく。

(大丈夫みたいだな)

気絶しているわけではないとわかって安心する。これなら着ぐるみを脱げば、すぐに回復するのではないか。

「じゃあ、二度とこんなことをしないように。あとはおじさんがクマまんを助けるから、君たちは他で遊びなさい。あ、もう危ないことはしないようにね」

「はい……」

になる。

「すみませんでした」

すっかりしおらしくなった少年たちは、肩を落として去って行った。これに懲りて、もう無茶なことはしないだろう。

圭一は着ぐるみのそばに寄ると、抱きかかえるようにして助け起こした。ずっと洗っていない服みたいな匂いがして、中はもっとくさいのではないかと気の毒になる。

「じゃあ、管理棟まで行きますよ」

声をかけると、愛嬌のあるクマが弱々しくうなずく。頭だけでもはずしてあげれば楽になるのであろうが、それだと子供たちの夢を壊すことになる。

「おれにしっかりつかまってください」

圭一は肩を貸して、支えながら歩いた。道すがら、幼い少女から「クマまんどうしたの?」と訊ねられたときには、

「クマまんは、はりきりすぎてちょっと疲れたんだ。少しお休みするんだよ」

大したことはないという口調で答えた。

「ふーん。クマまん、しっかりね」

あどけない声援に、着ぐるみは律儀に右手を挙げて応えた。

管理棟に連れていき、手近にあった部屋のドアを開ける。スチールデスクとパイプ椅子しかない、無人で狭いそこに入ってから、最初に真知子と淫らな行為をしたところだと気がついた。

（そうか、ここで……）

今朝も彼女にペニスを愛撫され、射精に導かれたのだ。そのことを思い出し、モヤモヤしてくる。

しかし、麗しの人妻から施しを受けることは、二度とないのだ。

やるせなさに苛まれつつ、圭一は着ぐるみを床に坐らせると、頭をはずすのを手伝った。

（ええっ⁉）

中に入っていた人物に驚く。学生バイトのみのりだったのだ。

着ぐるみに入るのがかなりの重労働であることは、経験していなくても予想がつく。だから、てっきり男だとばかり思っていたのだ。

ぐったりして呼吸をはずませている彼女は、髪の毛も雨に降られたみたいに濡れ、頭に張りついている。それだけ汗をかいたわけである。

（これ、間違いなく脱水症状を起こしてるぞ）

みのりは瞼を閉じ、自ら動くことを放棄している様子だ。もはや少しも力が残っていないのではないか。圭一は焦って声をかけた。

「今、水を持ってくるからね」

言い置いて部屋を出る。自動販売機でスポーツドリンクを二本買ったところで、そばに備品庫があるのに気がついた。

(あ、たしかここに――)

キッディーランドに勤めることになったとき、ここから真知子がスタッフジャンパーを出してくれたのだ。他にも様々な物品、備品があり、たしかタオルもあったはず。

ドアを開けると、入ってすぐのところに畳んだタオルが積んであった。こういう場合に使うのは問題ないはずと、大小一枚ずつ拝借して部屋に戻る。

「お待ちどおさま」

ボトルの蓋を開け、飲み口を差し出すと、みのりはすぐにむしゃぶりついた。それこそ、砂漠でようやくオアシスに辿り着いたごとくに。

「ンく、ンく、ンく」

喉を上下させ、一気に半分近くも空ける。ひと心地がついたようで、ふうと大きく息をついた。

「すみません……ご迷惑をおかけしました」

弱々しい謝罪の言葉に、圭一は首を横に振った。

「いや、困ったときはお互い様――ていうか、みのりちゃんが中に入ってるとは思わなかったよ。歌のお姉さんだけじゃなくて、着ぐるみまで担当してるの？」

「べつに、誰が中に入るのかは、決まってないんです。その日にバイトの子たちが、ジャンケンで決めたりしますから」

「そうだったのか。だけど、女の子に着ぐるみはキツいんじゃないの？」

「前に担当したときは平気だったんですけど、今日は暑かったから……それに、子供たちにいっぱいかまわれちゃったのが、思ってたよりも大変だったんです」

悪ガキたちのせいで、ここまで疲れ果ててしまったのか。とにかく、しばらく休んだほうがいい。

「じゃあ、これ、脱いだほうがいいね」

「はい……」

「ええと、どうすればいいのかな」

着ぐるみはかなり厚手だった。後ろのファスナー部分が見えないよう、合わせ部分がマジックテープでぴったり貼られている。それを剝がしてファスナーを下ろすと、みのりの上半身が現れた。

「ふう」

少しは楽になったか、安堵のため息をこぼす。

彼女はクッションが入っているらしき、厚手のベストを着けていた。着ぐるみがぺしゃっとつぶれないよう、からだに厚みを持たせるためのものだろう。それもかなり汗を吸っているようで、濡れたところがまだら模様になっていた。

甘酸っぱい匂いが、狭い室内に充満する。若い娘の、健康的な汗の香りだ。今日のぶんばかりでなく、着ぐるみに染み込んで熟成されたものも混じっているようだが、それでもなまめかしい成分が強い。

そのため、またモヤモヤした気持ちがぶり返した。

とは言え、みのりをどうにかしようと考えたわけではない。だいたい、そんな場合ではないのだ。

とにかく楽にさせようと、着ぐるみから出るのを手伝う。間近で嗅ぐミルクっぽいかぐわしさに、密かに胸を高鳴らせながら。

そして、彼女の下半身を目にするなり仰天する。

（嘘だろ……）

なんと、ボトムはパンティのみだったのだ。暑いから、少しでも涼しくしようと考えてなのか。それとも、ズボンが汗で濡れるのを嫌ったのか。

ともあれ、若い色気を湛えたナマ脚だけでもセクシーなのに、意外と肉づきのいい腰回りを包む純白の薄物も、汗で濡れて肌色を透かしている。これはもう、エロティック以外の何ものでもない。

おまけに、みのりがためらいもなくベストを脱げば、上半身もスポーツタイプのブラジャーだけだったのである。

男の前に下着姿を晒しても、彼女は特に恥ずかしがる様子はなかった。そんなことにかまっている余裕もないほど暑くて、疲労困憊《こんぱい》していたらしい。パイプ椅子に腰掛け、スチールデスクに突っ伏した。

「ハァ、はあ……」

大きく上下する背中に、圭一は戸惑い気味に大きいほうのタオルをかけてあげた。少しでも肌を隠さないと、こちらが居たたまれなかったのだ。

すると、みのりがこちらを振り仰ぐ。

「すみません……」

弱々しく礼を述べた彼女の表情は、疲れのせいかトロンと緩んでいた。それがやけに色っぽい。潤んだ目と、紅潮した頬にも女を感じてしまう。

(──て、何を考えてるんだよ)

圭一は邪念を振り払い、小さいほうのタオルも渡した。

「これで汗を拭くといいよ」

「ありがとう」

みのりがのろのろと顔や髪を拭く。気怠げな動作も色っぽい。気がつけば圭一は、むっちりした太腿や、柔肌に喰い込む下着に見とれていた。

(けっこういいカラダをしてるんだな)

そんなことを考えたせいで、股間の分身が力を漲らせる。室内にこもる若い体臭にも煽られて、理性が役立たずになっていた。

このままでは我を失い、襲ってしまうかもしれない。圭一は募る欲望をどうにか抑え込み、彼女に声をかけた。

「着替えるのなら、服を取ってこようか?」

すると、みのりが弱々しくかぶりを振る。

「いえ……まだ仕事が終わってませんから」

「また着ぐるみに入るの？　もう無理なんじゃないのかな」

「ちょっと休めば大丈夫です」

「そう？　あ、これ」

ペットボトルを渡すと、彼女はさっきの残りをすべて飲んでしまった。

「もう一本あるからね」

「ありがとうございます。あたし、藪野さんに助けていただいてばかりですね」

「いや、そんなことはないと思うけど」

「以前にも、迷惑なお客さんを追い払ってくれたじゃないですか」

「まあ、それは」

「だから、藪野さんには、どれだけ感謝してもし足りないぐらいなんです」

いつの間にかみのりが、キラキラした眼差しを見せていた。若さゆえか、疲れはだいぶ取れたらしい。澄んだ瞳に吸い込まれそうだ。

おかげで、圭一は気まずさを拭い去れなかった。何しろ目の前にいるのは、下着姿のチャーミングな娘なのだから。

「ところで、みのりちゃんは、どうして着ぐるみに入ってたの？　前にもやったことがあるって言ってたけど、女の子には大変なんじゃないのかな」

「まあ、それはそうなんですけど……」

急に歯切れが悪くなったものだから、圭一は怪訝に思った。

(あれ、どうしたんだろう？)

なぜだか答えづらそうにしている。着ぐるみに入るのに、何か気まずい事情でもあるのだろうか。

「まさか、無理やり押しつけられたんじゃないよね？」

「あ、違いますよ。あたしがやりたくてやったんです」

「どうして？」

「えと……着ぐるみに入ると、汗をいっぱいかくじゃないですか。それで、ダイエットにいいかなと思って」

恥ずかしそうに目を伏せた彼女に、圭一はきょとんとなった。

(ダイエットって……)

いかにも若い女の子らしい発想ながら、そこまでして痩せる必要があるのかと思ったのだ。

「みのりちゃんはスマートだし、ダイエットの必要なんてないんじゃないの？」

「全然スマートじゃないですよ。太腿だってパンパンだし、二の腕や脹《ふく》ら脛《はぎ》も太いし、それから――」

みのりが上半身を反らし、お腹を見せる。わずかにたるんだ下腹部分のお肉を、両手で摘まんでみせた。

「何より、このお腹ですよ。この余分な脂肪を何とかしないと、夏の水着選びで苦労することになるんですから」

半ばムキになって訴えられ、圭一は「そ、そうかな」とたじろいだ。だが、ほとんど目立たないのではないか。下腹がぷっくりするのは当たり前である。気をつけをすれば、ほとんど目立たないのではないか。


座っていれば、下腹がぷっくりするのは当たり前である。気をつけをすれば、ほとんど目立たないのではないか。

「ちょっとぐらいムチムチしてたほうが、女の子らしくていいんじゃないかな。みのりちゃんは可愛いし、今のままで充分に魅力的だと思うけど」

素直な感想を告げると、彼女は真っ赤になった。

「か、可愛くなんてないですよ、あたしなんか」

謙遜の言葉に、今度は圭一のほうがムキになって反論する。

「いやいや、本当に可愛いんだってば。まあ、ダイエットしたくなるのは、そういう年頃だからわかるけど、あまり無茶なことはしないほうがいいよ。今ぐらいのほうが健康的でいいと思うし、おれは好きだけど」

「あ――ありがとうございます」

耻じらって俯いたみのりが、上目づかいで怖ず怖ずと見つめてくる。

「でも……あたし、本当に魅力的ですか？」

「うん、もちろん。みのりちゃんと同い年ぐらいだったら、彼女になってもらいたいもの。おれがみのりちゃんがステージで歌ってたときだって、すごくいいなあって見とれてたんだ」

手放しで褒めると、髪から覗く耳まで真っ赤に染まる。下着姿で平然としているなど、けっこう大胆なのかと思えば、見た目そのままに純情な女の子のようだ。

（本当に可愛いな）

自分の娘も、こういう子になってほしいと願ったとき、彼女が顔をあげた。

3

「じゃあ、あたしに魅力を感じてるから、そこがそうなったんですか？」

「え？」

みのりが何を言っているのか、圭一はすぐにわからなかった。けれど、彼女の視線を追った先に欲望のテントを発見して、今度は彼が頬を紅潮させる番であった。

（あ、しまった）

若い娘の下着姿と、汗の香りに昂奮させられたのを、すっかり忘れていたのだ。

「い、いや、これは――」

焦って股間を隠したことで、かえって不埒なふくらみであると知られてしまう。おかげで、みのりは余裕を取り戻したらしい。ふっくらした頰を緩ませ、口許から白い歯をこぼした。

（こんな子が、ペニスのふくらみを見ても平気だなんて……）

つまり、男を知っているということなのか。純情そうに見えても、今どきの子だったようである。

「何だか意外ですね」

蔑《さげす》まれた気がして、圭一は肩をすぼめた。ダイエットなんかしなくても魅力的だなんて、偉そうに言っておきながら勃起したわけである。むっつり助平だと非難されているように感じたのだ。

しかし、そうではなかったらしい。

「藪野さんって真面目そうだし、大人の男の方だから、あたしみたいにガキっぽい女の子なんか、全然相手にしていないのかと思ってました」

「いや、そんなことは……」

「本当によかったわ」

「え？」

「あたし、とっても嬉しいんです。だって、あたしみたいな子でも、ちゃんと女として見てくれてたんですから」

偽りの色が少しも感じられない、澄み切った瞳。本心からの言葉なのだと理解して、圭一は戸惑いを覚えた。

（つまり、みのりちゃんのほうも、おれを男として見てたってことなのか？）

だとしても、三十五歳のバツイチ男と、二十歳そこそこの前途ある女子学生とでは、まったく釣り合わない。身分の違いがあるようにすら感じられた。もちろん、圭一のほうが下層にいるのである。

そのとき、彼女がすっと立ちあがる。背中に掛けてあったタオルが、重さを感じさせずにはらりと落ちた。

「あたしのこと、好きにしていいですよ」

「好きにしてって……」

「助けてくださったお礼です」

みのりが足を進める。立ち尽くす圭一の胸に、そっと身を寄せた。

(ああ……)

髪や肌からたち昇る、ミルク風味の甘い匂いを嗅いで、圭一は陶然となった。

それは牡の劣情を高めるフェロモンを含んでおり、股間の隆起がいっそう猛る。

その部分は、女子学生の下腹と密着していた。

「あん、すごく元気」

年上の男と密着したまま、みのりが若いボディをしなやかにくねらせる。高まりが脂ののった若い皮膚にめり込み、快さが広がった。

(おれのこと、誘ってるんだ)

まだこんなに若いのに、ずっと年上の男を翻弄するなんて。案外、経験豊富なのかもしれない。

そうだとしても、このまま悦楽に身を任せられるほど、圭一は欲望本意ではなかった。何より、ひと回り以上も年下の娘を穢すことに、ためらいを禁じ得なかったのだ。たとえ処女ではないのだとしても。

「いけないよ、こんなの」

たしなめると、彼女が不思議そうに見つめてくる。

「どうしてですか?」

ストレートな問いかけに、圭一は言葉を失った。

「どうしてって……」

「あたしは藪野さんに助けていただいて、本当にうれしかったんです。それから、一人前の女性として見てくれたことも。だからお礼がしたいんです。それっていけないことなんですか?」

真っ直ぐに見つめられ、いけないとは言えなくなる。行動の中身はともかく、純粋な気持ちからなされているとわかったからだ。

「いや、いけないことはないけど……べつにこういうかたちでお礼をしなくてもいいと思うけど」

「じゃあ、藪野さんは、あたしにどうしてほしいんですか?」

挑発的な視線を向けられ、怯みそうになる。反面、こんなことでいいのかと、大人の男としてのプライドが頭をもたげた。

(よし。だったら——)

このまま主導権を握られていては、抵抗できず押し切られるばかりだ。可哀想かもしれないが、反撃させてもらうしかない。そうすれば、結果的に彼女を穢さずにすむだろう。

どうすればいいのかを瞬時に図り、圭一は実行に移した。

「じゃあ、おれがしたいことをしてもいいの？」

問い返すと、みのりが一瞬戸惑いを示す。しかし、

「はい。好きにしてください」

と、きっぱり告げた。

おそらく、普通に抱いてもらえるものだと、彼女は思っているに違いない。だから、辱められる方向に進めば、諦めて逃げ出すのではないか。

「おっぱい見てもいい？」

要求をストレートに告げると、みのりがギョッとした顔を見せた。

「え？　あ、いいですけど……」

好きにしていいと言ったのだ。裸を見せる覚悟ぐらい、とっくにできていたはず。だが、いきなりおっぱいなんて単語が飛び出したから、怯んでしまったようである。

さらに怯ませるために、圭一はスポーツブラをいきなりたくし上げた。

ぷるん——。

柔らかそうなふくらみがあらわになるなり、「キャッ」と小さな悲鳴が洩れる。みのりは恥じらって両腕をすぼめたものの、許可を与えた手前、隠すことはしなかった。

ただ、泣きそうに顔を歪める。

(可愛いおっぱいだな)

圭一は身を屈め、若い乳房をまじまじと見つめた。

それほど大きくはないが、お饅頭型のかたちの良いおっぱいだ。色白で、頂上の突起は桜色。美味しそうなスイーツという風情か。

肌の甘い香りが強まる。それにも惹き込まれ、口をつけたくてたまらなくなった。

今度は事前に断ったりせず、圭一は淡いピンクの乳頭に唇を寄せた。

「あひッ」

軽く吸っただけで、半裸のボディがビクンとわななく。さらに、舌先でくすぐるようにはじくと、腰までモジモジとくねりだした。

「あ、あ、いやぁ」

こぼれる喘ぎが艶めきを帯びる。かなり感じやすいようだ。

「あ、あの、あたし……汗くさくないですか？」

いきなりそんな質問をしたのは、インターバルを取ることでペースを取り戻そうとしたのか。それとも、今さら汗まみれであることが気になったのか。

どちらにせよ、くさいなんて思うはずがない。

「全然。みのりちゃんは、とってもいい匂いだよ」

「いやあ」

みのりが恥じらって嘆く。たくさん汗をかいたあとにいい匂いだなんて言われても、素直に喜べまい。

「おっぱいもすごく美味しいよ」

「うう……エッチ」

自分からこうなるよう仕向けておきながら、恨みがましげになじる。若さゆえの率直な反応が、いじらしくて愛らしい。

それゆえに、無性に苛《いじ》めたくなる。

圭一はふっくらした双房の狭間に顔を埋めた。ぷにぷにした柔らかさを堪能しながら、谷間の汗の香りも愉しむ。匂いばかりでなく、味も。

「くううう」

肌をペロペロと舐められ、みのりはくすぐったそうに呻いた。しょっぱいだけかと思えば、ほのかな甘みも感じられる。汗をかく前の、彼女自身の味も混じっているからだろう。

(ああ、美味しい)

こびりついた成分がなくなるまで舌を動かすあいだに、みのりは立っていることもつらくなってきたようである。膝がガクガクと揺れ、今にも崩れ落ちそうだ。

「ここに坐って」

スチールデスクに腰掛けるよう促すと、ホッとしたように従う。そのまま押し倒して仰向けにさせても、抵抗しなかった。

「冷た」

背中に当たる天板がひんやりしていたようで、からだをくねくねさせる。それにはかまわず、圭一は彼女の両腕を頭のほうに上げさせた。そのとき、スポーツブラを顎のあたりまでずり上げたから、また乳房を愛撫されると思ったのではないか。

けれど、圭一の目的は他にあった。

(綺麗だ……)

視線の行き着く先は、浅く窪んだ腋窩《えきか》である。ブラのサイド部分が腕のほうまで上がっていたから、何も隠すものがなくあらわになっていた。

きちんと処理しているようで、毛剃りの跡は見えない。ただ、細かなシワのあいだに汗のきらめきがあり、いくぶん蒸れたふうな甘ったるい香りがたち昇った。

何をしようとしているのか悟られる前にと、圭一は女子学生の腋に顔を伏せた。

「キャッ」

みのりが悲鳴をあげる。もがいて逃げようとした上半身を押さえ込み、馥郁《ふくいく》とした匂いを胸いっぱいに吸い込んだ。

「だ、ダメ、そこは……く、くさいんですからぁ」

泣きべそ声で抗っても、男の力にはかなわない。あからさまなフェロモンを、年上の男に嗅ぎ回られてしまう。

さらに舌を這わされて、彼女は身をよじった。

「いやあ、く、くすぐったいー」

足をジタバタさせ、圭一をはね除けようとする。だが、しつこくねぶられることで、くすぐったさのあまり抵抗できなくなったようだ。

「くはっ、はあ、ハァ――」

呼吸を荒くして、デスクの上で半裸のボディをヒクヒクと波打たせる。今のうちにと、圭一は甘みの強い汗を丁寧に舐め取った。

右を終えると、次は左側。舐められることでさらに汗ばんだのか、左のほうが匂いも味も酸味が強かった。

そうやって左右ともねぶり終える頃には、みのりはぐったりとなっていた。唾液で濡れた腋窩を晒したまま、ハァハァと喘ぎ続ける。

(ちょっと可哀想だったかな……)

やり過ぎだったかもと反省したものの、まだ降参という言葉を聞かされていない。それどころか、薄目を開けた彼女が、

「いいですよ……しても」

と、さらなる誘いの言葉を口にしたのである。そのため、圭一のほうが手のひらの上で弄ばれている心地になった。

(くそっ、見てろよ)

二十歳そこそこの娘に操られてたまるものか。役目を終えていたスポーツブラを奪い取り、最後の一枚に手をかけると、むっちりした若腰から引き剝がした。

「ん……」

彼女はわずかに眉をひそめたものの、おしりを浮かせて協力した。

なだらかに盛りあがった下腹の終着地、ヴィーナスの丘に萌えるのは、薄茶色がかった秘毛だ。くっきり刻まれた割れ目が見えるほどに疎らで、そんなところにも幼さが感じられる。

そこから、汗とは異なる悩ましい秘香が、ふわっとたち昇った。

膝を離して秘苑をあらわにさせても、みのりは抵抗しなかった。すぐにペニスを挿れられると踏んでいたのだろう。

わずかにほころんだ秘肉の合わせ目から、猫の舌みたいな花弁がはみ出している。色素の沈着もほとんどなく、清らかな眺めの女性器だ。

（ああ、なんて綺麗なんだ）

ここまでいたいけな秘苑は、かつて目にしたことがない。処女であると言われれば、誰もが信じるであろう。

（ひょっとして、経験ないんじゃないか？）

不意に疑念が頭をもたげる。下着姿で迫ってきたのも、かなり無理をしていたのだとか。

それを確かめるためでもなかったが、圭一は濃厚なチーズ臭を放つ女芯にくちづけた。

「ンぅ」

みのりが下腹部をひくりと波打たせる。何をされたのか、すぐにはわからなかったようだ。

けれど、恥割れに舌を差し入れ、ピチャピチャと躍らせることで、クンニリングスをされていると気づいたらしい。

「キャッ、だ、ダメっ！」

腰をよじって逃げようとしたものの、もちろん圭一は許さなかった。抉るように舌を差し入れ、内部に溜まっていた粘っこい蜜を絡め取る。それはかなりの量があった。

（こんなに濡れてたなんて……）

乳房や腋の下を舐められながら、かなり感じていたらしい。だったら、こちらはもっと気持ちいいはずと、敏感な肉芽をターゲットにする。指でフード状の包皮を剝くと、ピンク色の小さな真珠が現れた。

（あ、これは——）

クリトリスの裾のところに、白いカスのようなものが付着していた。チーズの匂いが強まったから、恥垢なのだろう。これは着ぐるみで汗をかいたこととは関係なく、ちゃんと洗えてなかっただけのようだ。

チャーミングな女の子の恥ずかしい秘密を暴き、胸が震えるほどに昂奮する。嫌悪感など覚えるはずもなく、圭一は剝き身の秘核に吸いついた。

「はあああァッ！」

女らしく発育した下半身が、ガクンガクンと跳ね躍る。やはりここが最も感じるのだ。

クリトリスをついばむように吸い、舌先でチロチロとはじく。歓喜のわななきが全身に行き渡り、みのりはすすり泣いてよがった。

「あ、あああっ、そこぉ」

恥割れをきゅむきゅむとすぼめ、甘い蜜を吐き出す。清涼なそれを唾液に混ぜ、圭一は喉を鳴らして呑み込んだ。

（ああ、美味しい）

恥垢もすべて舐め取ると、彼女自身の匂いと味が薄らぐ。もっとあられもないものを嗅ぎたくなり、両脚を掲げてオシメを替えるみたいなポーズをとらせる。

「ああん、なにぃ？」

気怠そうにしながらも、みのりは素直に両膝を抱えた。秘苑が上向きになり、尻の谷底に息づくアヌスも視界に入る。

放射状のシワが綺麗に整ったそこは、うっすらとセピア色に染まっている。性器以上に可憐な眺めに、劣情がむくむくとふくれあがった。

だが、今度はいきなり口をつけたりしなかった。まずは鼻を寄せ、女子学生の肛門臭を確認する。

臀裂には、蒸れて熟成された、ケモノっぽい汗の匂いがあった。その中に、ほんのわずかながら、あられもない発酵臭があったのである。

(これがみのりちゃんの、おしりの匂い……)

嗅いでいるうちに消えそうな、かすかなものであったから、用を足した痕跡が残っていたわけではないのだろう。オナラをしたか、あるいは自覚せずとも腸内の空気が漏れたのではないか。

それでも、若い娘にとっては決して他人に知られたくない、恥ずかしい臭気に違いない。圭一はそれを深々と吸い込んでから、愛らしいツボミをペロリと舐めた。

「ひッ――」

みのりが息を吸い込むみたいな声を洩らす。同時に、秘肛が慌てたようにすぼまった。

「だ、ダメ」

脚を下ろして逃れようとする前に、圭一は彼女の両腿を肩で受け止めた。腰も両手で固定して、若いアヌスをねちっこく味わう。

「イヤイヤ、そ、そこはもっときたないのぉ」

特に汚れなど付着していなかったが、やはり排泄物を出すところだから、抵抗を禁じ得ないのだろう。そのくせ、ツボミはもっとしてほしいとばかりに、なまめかしく収縮するのだ。

圭一は執拗に肛穴をねぶり、ほのかなしょっぱみを味わった。もはや抵抗しても無駄だと諦めたか、みのりのからだから力が抜けると、ほころんだ淫華へ舞い戻る。

（うわ、すごい）

そこは白っぽく濁った愛液を、今にも滴りそうに溜め込んでいた。嫌がりながらも、アナル舐めで感じたというのか。薄らいだはずの淫香も、熱気のごとく漂っていた。

だったらもう一度と、口をつけようとしたところで、すすり泣きが聞こえたものだからドキッとする。

（え、みのりちゃん？）

顔をあげると、彼女は両手で顔を覆い、肩を震わせていた。

もともとセックスを諦めさせるために、辱めを与えたのである。ところが、いつの間にか辱めることが目的のようになっていた。

そのせいで、泣かせてしまったのだ。

「ご、ごめん」

圭一は狼狽し、彼女の顔を覗き込んだ。肩に手を置いたものの、イヤイヤをするように拒まれる。

（ああ、完全に嫌われちゃったよ）

洗っていない秘部を舐めたのもそうだが、やはりアヌスにまで舌を這わせたのはやりすぎだったのだ。欲望本位の行為が、いたいけな女子学生を傷つけてしまったのは間違いない。

男は女の涙に弱い。まして、相手がずっと年下の愛らしい娘では、尚のこと罪悪感に苛まれる。圭一の胸は貫かれるみたいにキリキリと痛んだ。

とにかくここは、誠意を持って謝るしかない。

「本当にごめん。みのりちゃんがあんまり可愛いから、つい調子に乗っちゃったんだ。それに、どこもかしこもいい匂いがして、我慢できなくなって……このとおり謝るから、もう泣かないでよ」

見えないとわかっていて、何度も頭を下げる。すると、彼女が顔を覆ったまま、涙声で反論した。

「い、いい匂いのわけないでしょ。汗もいっぱいかいて、ムレムレだったんですから。おまけに腋の下とかアソコとか、くさいところばっかり舐めて。あと、おしりの穴まで」

憤慨するのも当然だと、今になってわかる。それでいて、聞き流せないところもあった。

「くさくなんかないよ。少なくともおれはいい匂いだって思ったし、すごく昂奮したんだ」

「嘘ばっかり。本当は、あたしのことが嫌いなんですよね。魅力的だなんて言ったのは口から出まかせで、ただあたしをいじめたかっただけなんでしょ？」

決めつけるのは、それだけ恥ずかしい思いをしたからに違いない。

「嫌いなわけない。みのりちゃんは可愛いし、優しくて素敵な女の子だもの。着ぐるみで子供たちから悪さをされても、じっと我慢してたし、このあいだのステージでの歌もとってもよかったよ」

「だ、だったら、どうしてあんなことしたんですか。汚くて、くさいところばかり舐めて」

辱められたショックが大きくて、こちらの言葉を素直に受け入れられないようだ。

(ええい、こうなったら)

圭一は下半身のものを素早く脱いだ。力強くそそり立った分身をあらわにし、

「これを見てよ」

と、全裸で悲嘆に暮れる娘に呼びかける。

みのりが、のろのろと横を向く。顔を覆う手の指が開いて、隙間から牡のシンボルを確認するなり、裸身がビクッと震えた。

「え、嘘――」

顔の手をはずし、上半身を起こす。今度は隙間からではなく、目を見開いてペニスを観察した。

「すごい……」

つぶやいて、悩ましげに眉根を寄せる。喉がコクッと鳴った。

好奇心にきらめく眼差しを浴び、圭一は羞恥に駆られた。しかし、彼女の恥ずかしさはこんなものではなかったのだと、腰を前に突き出して勃起を誇示する。

「本当にくさいとか、汚いとか思ったら、こんなにはならないよ。おれはみのりちゃんの有りのままの匂いや味が気に入って、心から好きだと思ったから、ペニスもここまで大きくなったんだ」

赤黒い亀頭がはち切れそうに膨張するところを見せられては、納得しないわけにはいくまい。そしてそれは、まだ若い彼女の女の部分を刺激したようだ。

「……あの、さわってもいいですか？」

突然許可を求められ、圭一は何も言わず前に進んだ。容易に手が届くところまで。

「こんなに腫れて……」

みのりが手をのばす。血管を浮かせた筒肉に指を回し、キュッと握り込んだ。

「ううう」

快さが屹立を基点にじんわりと広がり、圭一は呻いた。腰をブルッと震わせ、分身にさらなる力を送り込む。

「すごく硬い」

彼女は握り手に強弱を加え、それから小さくため息をこぼした。

「あたし……男のひとにアソコを舐められたのって、初めてなんです」

「え、そうなの？」

「はい。前に付き合った男の子とエッチはしたんですけど、彼は、オチ×チンを挿れる前に、ほとんど何もしてくれなかったから。まあ、あたしが恥ずかしくて、拒んじゃったせいもあるんですけど」

だからと言って、本当に何もしないのは、男としていかがなものか。そもそもセックスは、互いに悦びを与え合う行為のはずだ。

「彼氏にはしてあげたの？」

「ええ。してほしいって言われたから、こんなふうに手でしごいてあげたり、あと、お口でもしました」

「口の中に出されたこともあるんじゃない？」

「はい……飲んでって言われたから、飲みました」

そこまでさせておきながら、自分は何もしないとはどういう了見か。近頃はそういう身勝手な男が増えていると、週刊誌にもっともらしく書かれていたけれど、まさか本当に存在したなんて。

（こんな可愛い彼女のアソコを舐めないなんて、セックスしても心は童貞と同じようなものだぞ）

憤慨したものの、だったら尚さらショックが大きかったのではないかと反省する。経験がなかったぶん、あんなことをされるなんて夢にも思わなかったであろう。

「じゃあ、いきなりあちこち舐められて、びっくりしたんだね。ごめんよ。気づいてあげられなくて」

「いいえ、もういいんです。それに――」

言いよどんだみのりが、照れくさそうに頬を緩めた。

「恥ずかしかったけど、実は気持ちよかったんです」

はにかんだ笑顔が愛らしく、年甲斐もなくときめいてしまう。

「だったらよかった」

安堵したのも束の間、上目づかいで睨まれる。

「だけど、腋の下やおしりの穴はやりすぎです。ひょっとして、すごいヘンタイさんなんじゃないかって、怖くなったんですから」

　真顔でたしなめられ、肩をすぼめる。そういう生真面目な感想を抱くのは、二十歳そこそこの女子学生だから無理もない。

「ごめん。あ、でも、おしりの穴を舐めたあと、アソコがビショビショになってたのは、気持ちよかったからじゃないの？」

　この質問に、みのりが焦ったふうに目を泳がせる。

「そ、そんなこと——」

　否定しかけたものの、涙ぐんで押し黙った。どうやら図星だったらしい。こういう素直な反応が、ジタバタしたくなるほど愛らしい。

「おれ、みのりちゃんとしたい」

　その言葉が、自然にすっとこぼれる。穢すことをためらっていたのに、迷いは完全に消え失せていた。

　代わりに、しっかりと結ばれたい気持ちが高まっている。

「はい……」

　目許を恥じらいに染めたみのりは、少し考えてからスチールデスクを降りた。からだの向きを変え、天板に上半身を伏せる。

「後ろから挿れてください」

そう言って、丸まるとしたヒップを左右に揺すった。

何もない部屋だから、できる体位は限られている。デスクの上は狭いからと、バックスタイルを選択したようだ。

「わかった」

圭一は彼女の真後ろに進んだ。秘められたところに指を差し込むと、温かな蜜が絡みつく。すでに受け入れ準備は整っていた。

「くぅーン」

敏感な部位を刺激され、子犬みたいに啼いたみのりが背中を反らす。尻の谷をキュッキュッとすぼめ、丸みを切なげにくねらせた。

「も、もう、そんなことしなくていいですから、早く――」

愛撫よりも挿入を求めるのは、これ以上辱められたくないからか。いや、肉体が逞しいモノで貫かれることを欲しているのだ。

「じゃ、挿れるよ」

指をはずして肉棒を摑み、圭一は腰を落とした。反り返るものをどうにか前に傾け、先端を尻割れのあいだにもぐり込ませる。

（ああ、熱い）

薄い粘膜越しに、熱が行き交う。亀頭を上下させると、クチュクチュと卑猥な水音がこぼれた。

「は、早く」

「うん」

分身に漲りを送り込み、圭一は前に進んだ。肉の槍が、清らかな恥裂をむりむりと圧し広げる。

「あ、あ、来るぅ」

みのりが首を反らす。彼女の膣はかなり狭かったものの、たっぷりと濡れていたおかげで、ペニスが苦もなく根元まで入り込んだ。

（うう、入った……）

濡れ柔らかな媚肉が、脈打つ牡器官にまといつく。心地よく締めつけ、うっとりする快さを与えてくれた。

「あん、いっぱい」

やるせなさげにつぶやいて、全裸の娘が艶々ヒップをくねらせる。内部の締めつけが強まり、圭一は「おおお」と声を上げた。

「き、気持ちいいですか、藪野さん？」

震える声の問いかけに、「うん、すごく」と答える。本能的に腰を引き、再び突き入れると、若い女体がしなやかに波打った。

「きゃんッ」

甲高い嬌声が洩れる。

「みのりちゃんの中、あったかくてヌルヌルしてて、すごくキツいんだ。もう、たまらないよ」

感動を込めて伝えると、彼女が「や、ヤダ」と恥じらう。けれど、

「あ、あたしも気持ちいいです。藪野さんのオチ×チン、すごく硬くって、た、逞しいから」

と、正直すぎる発言で応じた。

「じゃあ、もっと感じさせてあげるよ」

圭一は腰を前後に振り、蜜穴を深々と抉った。

「あ、あっ、それいいッ」

みのりがのけ反り、呼吸をはずませる。汗の乾いた裸身が、再び火照りを帯び始めた。甘ったるい媚香を放ち、歓喜にわななく。

（うう、ホントに気持ちいい）

　圭一は目のくらむ悦びにひたっていた。

　締めつけが著しいのは入り口部分だが、奥まったところにも輪っか状の狭まりがある。それが雁首の段差を、くちくちと刺激するのだ。

　油断すると果ててしまいそうなので、圭一は奥歯を嚙み締めて募る愉悦に抗った。年上なのに、早々に爆発しては沽券《こけん》にかかわる。先に彼女を充分に感じさせてからと思ったのだ。

　抽送をリズミカルにし、腰を若尻に叩きつける。双丘と下腹の衝突が、パンパンと小気味よい音を鳴らした。

「ああ、あ、感じる……もっとぉ」

　あられもなくよがる女子学生の柔肌に、汗のきらめきが見えてきた。もともと汗っかきなのかもしれない。

（だからこんなにいい匂いなんだな）

　今も甘ったるい乳酪臭を、全身からたち昇らせる。その中に、結合部が放つセックスの淫靡な匂いが混じっていた。

　悩ましいかぐわしさを胸いっぱいに吸い込み、ピストン運動の速度を上げる。

攪拌される女膣が、グチュグチュと愛液を泡立たせた。

「うう、気持ちいい。みのりちゃん、最高だよ」

称賛すると、彼女が恥ずかしそうに肩をすぼめつつ、おしりをはずませる。

「あたしも……あの、いつでも中に出していいですからね」

「え、本当に？」

「はい。あたし、もうすぐ生理だから」

嬉しい許可に、高まっていた性感がさらに上向く。しかし、このまま射精するわけにはいかない。

（みのりちゃんをイカせてあげたい）

膣感覚はかなり発達しているようでも、セックスで絶頂した経験があるかどうかわからない。だが、できる限りの努力はしたかった。

気を引き締め、ストロークの長い出し挿れを続ける。逆ハート型のヒップの切れ込みに見え隠れする肉根に、白っぽい淫液がまつわりついていた。

（ああ、いやらしい）

淫らな光景にも劣情が高まり、蕩ける快美にまみれた分身が、すぐにでも出したいと疼きまくる。それを子宮めがけて勢いよく突き込めば、「あああぁッ！」

と艶声が室内に響き渡った。

「いやぁ、こ、こんなの初めてぇ」

みのりが乱れだす。腰をガクガクとはずませ、尻割れを忙しくすぼめた。

(よし、もう少しだ)

歯を喰い縛って蜜穴を突き続けると、息を荒ぶらせていた彼女が、背中を大きく弓なりにした。

「ああ、何……へ、ヘンになるぅッ!」

若いボディが強ばる。白い肌が感電したみたいに震えた。

「あ、い、い――イクぅっ」

呻くように告げ、がっくりと脱力する。熱気を伴った甘酸っぱい香りが、裸体からたち昇った。

(イッたんだ)

見届けるなり、忍耐があっ気なく崩壊する。なまめかしく蠕動する膣の奥に、圭一はありったけの熱情を放った。

「ううう」

目がくらみ、膝が笑う。それでも、さらなる悦びを求めて腰を振ると、粒立った柔ヒダが敏感な粘膜をヌルヌルとこすった。

「むはッ」

強烈な快美感に、喘ぎの固まりが喉から飛び出す。朝も真知子の手で多量にほとばしらせたのに、それに負けない量のザーメンがほとばしったようだ。

「ああ、あったかい……」

体奥に広がるものを感じたらしい。愛らしい娘が、うっとりしたふうにつぶやいた。

第四章　白状しなさい

1

心はずむ歌声が広場に響く。

「はーい、みんなもいっしょに歌おうね」

ステージ上のみのりが笑顔で呼びかけると、前に並んだ子供たちのあいだからも、やや調子っぱずれながら愛らしい歌声があがった。

休日のキッディーランドは、家族連れや子供たち、それからカップルで賑わっていた。ステージのイベントも盛況で、曲が終わるたびに、みのりは観客から大きな拍手を浴びた。

(可愛いな)

そんな彼女を、圭一は観客席の後方から見つめていた。時おり頬を緩めながら。

みのりはピンクのトレーナーにミニスカートという、いつものスタイルだ。健康的な太腿が眩しいのも変わらずで、ついそこに目が行ってしまう。

だが、肉体関係を持ったせいで、トレーナーやスカートの内側も想像──回想せずにいられなかった。

（すごくエッチだったよな、みのりちゃん……）

バックから貫かれ、あられもなく昇りつめた姿が脳裏に蘇る。それはステージ上のキュートなアクションからは、少しも想像できないものだ。

そのギャップゆえに、昂奮も大きかった。

（あ、まずい）

ブリーフの中で、ペニスがムクムクと容積を増す。ズボンの上からも勃起のかたちがわかりそうで、圭一はそれとなく位置を直した。

しかしながら、淫らな回想を打ち消すことはできない。彼女がターンして、フリフリのアンダースコートが覗くたびに胸が高鳴り、分身が脈打ちを著しくした。

そして、女子学生とのセックスを思い返していたはずが、新たな願いが頭をもたげる。

（あの格好のみのりちゃんともしてみたいな）

スカートをめくり上げ、インナーを膝までずり下ろす。ぷりぷりのおしりだけをまる出しにさせて、後ろから貫くのだ。

裸以上に淫らで、煽情的な格好。きっと大昂奮だろう。彼女も恥ずかしがりながら乱れるのではないか。

《イヤイヤ、イッちゃいますぅ》

と、歌声にも負けない愛らしい嬌声を上げて。

さらに、着ぐるみでおしりの部分だけを切り取り、獣姦っぽいプレイを愉しむ場面を想像したところで、

「はーい、みんなでおしりをふりふりー」

みのりの掛け声で我に返る。見ると、彼女がステージの上で、こちらに向けたヒップを左右に揺らしていた。それに合わせて、観客席の子供たちも立ちあがり、おしりを可愛らしく振っている。

無邪気でセクシーなアクションにドキッとした圭一であったが、次の瞬間、何をやっているのかと自己嫌悪に囚われた。

（みのりちゃんは、子供たちを楽しませるために一所懸命やっているのに、おれってやつは……）

いやらしい目で見た挙げ句、淫らな妄想にふけるなんて。それでもひとの子の

親なのか。娘が知ったら軽蔑するに違いない。

まあ、合意の上とはいえ、女子学生とセックスをしたという事実だけでも、蔑まれるに違いないのだが。

(ごめん、みのりちゃん)

深く反省し、二度といやらしいことは考えまいと誓う。そして、そろそろ巡回の仕事に戻ろうかと思ったとき、

(おや?)

同じく観客席の後方から、ステージを見ている人物に気がつく。二十代後半と思しき女性であった。

ひとりで来たのだろうか、近くに連れらしき人間は見えない。女性がひとりで子供向けのステージを見ているだけでも奇妙なのに、彼女はやけに悲しそうな顔をしていた。

それこそ、ステージ上のみのりとは真逆であると言える。いったいどうしてと不思議がっていると、くだんの女性がポロリと涙をこぼした。

(ええっ!?)

さすがに放っておけなくなり、圭一は彼女のところへ行った。

「あの、大丈夫ですか?」

そっと声をかけると、彼女がハッとしたように顔をこちらへ向ける。

「え?」

驚きで目を見開き、警戒するように一歩退く。怪しい男だと思われてはまずいと、圭一はすぐに身分証を見せた。

「おれはキッディーランドのスタッフで、藪野圭一といいます」

「ああ……」

何者かを理解したことで、彼女は安心したようである。ただ、泣いているところを見られたと悟り、今度はうろたえた。

「いえ、あの、何でもないんです」

目許を指で拭ったものの、一度溢れ出した涙は止まらないようだ。ここでハンカチでも差し出せば格好よかったのであるが、圭一は持っていなかった。

(ええい、肝腎なときに)

歯噛みしたものの、そもそも普段からハンカチなど持ち歩かないのだ。何か代わりのものはないかとポケットを探るあいだに、彼女がバッグから自分のハンカチを出してしまった。

何でもないと言われた以上、事情を詮索するのは僭越《せんえつ》すぎる。そうと理解しながらも、圭一は放っておけなかった。なぜだかわからないが、妙に惹かれてしまったのである。

彼女が魅力的な女性なのは確かだ。泣いていたためばかりでもなく、憂いを帯びた美貌は、黒目勝ちな目と、それを惹き立てる長い睫毛が印象的である。そして、泣きぼくろが妙に色っぽい。

しかしながら、見た目の麗しさのみに心を奪われたわけではない。内側から滲み出る淑やかさや女らしさ、それから垣間見える孤独の影にも、男心をくすぐられていたのである。

そして、自分と同じように、心に傷を負っている気がした。あくまでも直感なのだが。

まして、涙まで見せられたのだ。力になってあげたいと、圭一は心から欲した。下心など持つことなく。

もしかしたら彼女のほうも、突然声をかけてきた男に、自分との共通点を感じ取ったのではないか。だからこそ、

「あの、よろしかったら、おれが話を聞きますけど。誰かに話すことで、気持ち

が楽になることもありますから」

という圭一の申し出に、迷いを見せながらもうなずいたのだろう。

「じゃあ、あそこに坐りませんか？」

圭一は彼女を、広場の隅にあるベンチへ誘った。そこからもステージが見えるので、泣いていた理由を訊きやすいと思ったのである。

彼女は山里育美《やまざといくみ》と名乗った。

「この遊園地には、主人とよく来ていたんです。結婚する前も、それから結婚したあとも」

感情を抑えたふうな口調で言われ、何気なく左手の薬指を見たところ、確かに銀色のリングがあった。

（てことは、おれみたいに別れたわけじゃないんだよな）

だったら、どうして泣いていたのか。そのことを聞きたかったのだが、育美は話しづらそうに押し黙ってしまった。

「おれもそうだったんですよ」

彼女が口を開きやすいようにと、圭一は自分のことを話した。

「この遊園地には、親子で遊びに来てました。娘がいるんですけど、三人で。

ひょっとしたら、そのときに山里さんたちとお会いしていたかもしれないですね」

共通点を述べて親しみを持ってもらうつもりだったが、「はあ」と気のない相槌を打たれただけであった。けれど、

「ただ、昨年離婚して、それからは会っていませんが」

これに、育美が驚きを浮かべる。圭一は、さらに自虐的な告白をした。

「で、先々月に会社が倒産して、まさに踏んだり蹴ったりですよ。それでしょぼくれて、ここに来て昔のことを思い出していたら、人事担当のひとから働かないかって誘われたんです」

「そうだったんですか……」

気の毒そうな眼差しを向けられ、不意に気まずさを覚える。彼女のほうが、もっと深刻な思いを抱いている気がしたからだ。

その推察は、間違っていなかった。

「それじゃあ、お子さんは奥様のところに？」

「ええ。妻の実家にいます」

「会わせてもらえないんですか？」

「いえ、そういうわけじゃないんです。ただ、おれが妻の――元妻の実家を訪ねることが億劫で、会えないだけなんです」

「そうなんですか……まあ、そうですよね」

育美が納得したふうにうなずく。別れた妻のところへ顔を出す気まずさを、理解してくれたらしい。

「でも、たとえ会えなくても、どこかにいるっていうだけで幸せなんですよ」

彼女のやるせなさげな口振りに、圭一の胸は不穏な高鳴りを示した。

「え、それじゃ、山里さんの旦那さんは――」

「……亡くなりました」

ぽつりと告げられた言葉が、胸に深く突き刺さる。育美は未亡人だったのだ。

美貌が湛える悲哀のわけを理解し、圭一は何も言えなくなった。というより、自分に何か言える資格があるとも思えなかった。

彼女の言葉どおり、たとえ愛しいひとと別れても、相手が生きているだけで幸せなのだ。この世に存在しない悲しさに比べたら、どうということはない。

そして、死別しても尚、彼女は亡き夫を愛している。今でも結婚指輪を嵌《は》めているのは、その証しに違いなかった。

「いつお亡くなりになったんですか？」

ようやく口から出たのは、大して意味のない質問であった。

「昨年です。もうじき一周忌になります」

だったら、悲しみが癒えていないのも当然である。ただ、どうしてみのりのステージを見て泣いたのか、その点がわからなかった。

圭一の質問に答えるかたちで、育美は亡き夫とのことをポツポツと話した。付き合い始めたのは高校二年生のときで、大学は別々になったものの交際を続けたこと。それぞれ違う仕事に就いてから、二年後に結婚したこと。昨年、三年目の結婚記念日の直前に、夫を事故で失ったこと、など。

そうすると、彼女は二十八歳ぐらいなのだろうか。圭一より七つも若い。けれど、すでに人生一生分に匹敵する経験をしているのだ。

(八年も付き合って結婚したのに、三年で終わっちゃったなんて……)

大学も職場も違っていたのに、別れなかったのだ。それだけ愛し合っていたのだろうし、大恋愛の末に結ばれたと言っても過言ではあるまい。あまりに悲しい結末だ。

「そうすると、ここへは、旦那さんとの思い出にひたるためにいらしたんですか？」

「ええ……彼が亡くなってから、初めて来たんです」

だとすれば、あれこれ思い出して涙を流すのも理解できる。だが、それがどうしてみのりの歌なのだろう。

「お子さんは？」

圭一の問いかけに、育美は首を横に振った。

「いません。ふたりで働いてお金を貯めて、家を買う目途《めど》もついたから、もうそろそろだねって話していたときに、あのひとが逝《い》ってしまったので」

そう答えた彼女が、ステージに目を向ける。みのりの歌に合わせて、子供たちが合唱していた。

(じゃあ、子供たちを見て泣いていたのか)

失ったのは夫だけではない。本当なら、愛するひととの子供がいたはずなのだ。

「わたし、歌が大好きなんです」

育美がポツリと言う。無意識になのだろう、聞こえてくる歌に、爪先でリズムを取っていた。

「いちおう音大を出たんですけど、音楽だけで食べていけるだけの才能はありませんから、学校の先生を目指してました。だけど、それも難しくて、結局、音楽関係の出版社に就職したんです」

そこまで話すということは、心を許したからか。いや、話すことで気持ちが楽になったから、打ち明けたくなったようだ。

「仕事では叶いませんでしたけど、子供ができたら、あんなふうにいっしょに歌いたかったんです」

子供たちと歌うみのりを見て、自分の夢を思い出したのではないか。そして、それが叶わない現実も突きつけられ、涙がこぼれたに違いない。

圭一はやるせなさに苛まれた。

彼女を元気づけたいという気持ちに変わりはない。しかし、いったいどうすればいいのだろう。そもそも、離れているとはいえ子供のいる自分が、どんなふうに慰められるというのか。

『たとえ会えなくても、どこかにいるっていうだけで幸せなんですよ――』

育美の言葉が、今になって胸に染みる。悲劇の主人公ぶって、子供と離れ離れだなんて言わなければよかった。

悲しみを忘れ、前向きに生きよう。なんて、無責任なことは口にできない。その場しのぎの安易な励ましなど、かえって彼女を苦しめるだけだ。

何もできることがないと気づき、押し黙った圭一に、育美が礼を述べる。

「ありがとうございます」

「え？」

「藪野さんがおっしゃったとおりでした。話したら、いくらか楽になりました」

そう言って頬を緩めたものの、瞳にはまだ悲しみが宿っている。話を聞いただけで、心からの安らぎを与えられるはずがない。自身の無力さを痛感する。

「では、わたしはこれで」

立ちあがろうとした育美に、圭一は咄嗟に声をかけた。

「あの——よろしかったら、連絡先を教えていただけませんか？」

戸惑いを浮かべた未亡人に、焦り気味に告げる。

「これも何かの縁ですから、山里さんに何かしてあげられたらと思うんです。ただ、今は何も浮かばないので、思いついたら連絡しますから」

2

あんな唐突な申し出を、よくも受け入れてくれたものだ。育美が立ち去ってから、圭一は我ながら無茶だったなと反省した。

彼女が携帯番号とメールアドレスを教えてくれたのは、話を聞いてくれたお礼のつもりだったのか。それとも、悲しみを癒やしてくれる何かを求めて、藁《わら》にも縋《すが》りたい心境になっていたからか。

ともあれ、連絡する手段は手に入れた。あとは〝方法〟を見つければいい。

しかしながら、そう簡単に思いつくはずがない。

できれば早いうちにと焦りを覚えつつ、圭一が考えを巡らしていると、

「藪野さん、ちょっといいですか？」

いきなり声をかけられる。ビクッとして顔をあげると、みのりであった。いつの間にか、ステージイベントは終わっていたようである。

「ああ……なに？」

「ステージ脇の控室に侵入者があったみたいなんです。見ていただけますか？」

彼女は怯えた表情をしていた。もしかしたら、痴漢目的で入り込んだやつがいたのだろうか。

「わかった。すぐに行くよ」

圭一は立ちあがり、みのりの前に立って進んだ。

イベントが終わったあとも、観客席には数組の親子が残っていた。そのひとたちに何かあったのかと思わせないよう、何食わぬ顔でステージに上がる。

「どっち側なの？」

控室は両脇にある。振り返って訊ねると、みのりが強ばった表情で「右側です」と答えた。

「まだいるのかな？」

「さあ……わかりませんけど」

「じゃあ、おれが先に入るね」

ドアを開けて、コンクリート造りの小屋に足を踏み入れる。

奥側に磨りガラスの小さな窓があるだけの、四畳半ほどの狭い空間。天井にある古い蛍光灯が照らす下には、着ぐるみやステージ用の小道具が、壁際のスチール製の棚に整然と並べられている。

だが、人の気配はなかった。隠れるような場所もない。

「誰もいないみたいだけど——」

そう言い終わらないうちに、圭一は後ろから背中をどんと押された。

「うわっ」

つんのめって奥まで入ったところで、ドアがバタンと閉められる。

圭一は最初、隠れていた侵入者に突き飛ばされたのかと思った。ところが振り返ると、そこにいたのはみのりだけだ。さっきまで怯えた表情を見せていたはずが、今は腕組みをして、挑発的な眼差しを向けている。

「え、なに？」

訳がわからず訊ねると、彼女は眉間に縦ジワを刻んだ。

「綺麗な方でしたね」

「え？」

「さっき、藪野さんが口説いていた女性」

厭味っぽい口調に、ようやくどういうことなのか悟る。圭一が育美と話しているのをステージから見て、ナンパしていると思い込んだのだ。

（つまり、嫉妬してるのか？）

みのりとは、たしかに肉体関係を持った。チャーミングな彼女を、圭一は愛しく感じたけれど、あれでふたりが恋人同士になったわけではない。

それこそ、人妻の真知子と同じく、ひとときの快楽を貪り合っただけだと思っていた。だいたい、バツイチで三十代の圭一が、二十歳そこそこの女子学生と対等になれるはずがないのだから。

しかし、彼女はそうでなかったというのか。親密な間柄になったのだからと、浮気を咎めるつもりでいるのだとか。

（……いや、それはないな）

肉体関係まで持った男が、目の前で他の女性と親しげに——少なくともみのりには、そう映ったようである——していたものだから、面白くないだけなのだ。

実際、こちらを忌ま忌ましげに睨む視線には、嫉妬ではなく不満の色が見て取れる。それも、お気に入りのオモチャを先に使われた幼児みたいに、子供っぽいものが。

「仕事中に女性を誘うなんて、ずいぶんおヒマなんですね。あたしが一所懸命歌っていたのに、ちっとも見てくれないで」

無視されたように感じたことも、不満の理由だろう。やれやれとあきれつつ、感情をストレートにぶつける素直さが可愛らしかったのも否めない。何しろ問い詰めるために、芝居までしてこんなところに連れ込んだのだから。

そして、密室でふたりきりであることに今さら気づき、モヤモヤしてくる。愛らしい女子学生が、太腿まる出しのミニスカート姿で目の前にいるのだ。

三十分近いステージをこなし、汗をかいたらしい。鼻の頭にきらめくものが見えるし、甘酸っぱくもなまめかしい匂いが、いつの間にか狭い空間に立ちこめていた。

これでは昂奮するなというほうが無理だ。

「ちょっと、聞いてるんですか？」

声を荒らげられ、我に返る。みのりの表情が、かなり険しくなっていた。

これはまずいと思いつつ、圭一が事情を話すのをためらったのは、育美に配慮したからである。彼女はこちらを信頼して打ち明けてくれたのに、やすやすと他人に話すなんて許されないと思ったのだ。

「いや、誤解だよ。おれとあのひとは、そういうんじゃないんだ」

「そういうんじゃなければ、どうだっていうんですか？」

ストレートな質問に、言葉を失う。どう説明すればいいだろうかと頭を悩ませていると、みのりが目の前まで進み出た。

ふわ——。

健康的な汗の香りが鼻腔を刺激する。彼女の意図を探る余裕などなく、圭一は募る欲望に翻弄された。

「じゃ、本当に何でもないのか、チェックしますすね」

そう告げられるなり、股間をギュッと握られる。いきなりだったから、逃げることができなかった。

「くううッ」

圭一は呻き、腰をよじった。そこに至ってようやく、分身がふくらんでいたことを自覚する。

「ほら、オチ×チンが大きくなってるじゃないですか。あのひととエッチする約束をして、それでこんなになったんでしょ」

勃起したのは育美ではなく、みのりに昂奮させられたからだ。そして、八割がた膨張していたものが、いたいけな手指でモミモミされ、最大限の力を蓄える。

「こんなに硬くして……やらしいんだから」

なじりながらも、彼女は悩ましげに眉根を寄せている。圭一を挑発していたはずが、牡の逞しい脈打ちに触れ、子宮を疼かせたのではないか。

だったら、このまま抱き合えば、育美のことをうやむやにできるかもしれない。

しかし、圭一が働きかけるまでもなく、みのりが自発的に動いた。

「しょうがないわね」

ひと回り以上も年上の男を相手に、姉のように振る舞う。跪《ひざまず》くと、ベルトを甲斐甲斐しく弛めた。

（本当にする気なのか？）

こんなに積極的な子だったろうか。驚きの目を向けるあいだに、ズボンとブリーフをまとめて脱がされる。

ぶるん——。

ゴムに引っかかった分身が、勢いよく反り返る。同時に、蒸れた青くささが立ち昇り、圭一の鼻にまで届いた。

今日も暖かで、ステージイベントの前までけっこう歩き回ったから、股間にも汗をかいたようだ。そんなところを愛らしい娘の前に晒すのは忍びなく、

「本当に誤解なんだから、ちょっと待ってくれよ」

と、制止しようとしたのである。けれど、みのりは無視して、そそり立つ肉棒に指を回した。わずかにベタつくものを握り、眉をひそめる。

「ふうん。いちおう真面目に働いてたみたいね」

汗で蒸れたペニスでそんな判断をされても、居たたまれないだけだ。

「だ、駄目だよ。こんなこと」

快さに声を震わせつつ訴えると、彼女が上目づかいでこちらを見あげる。しかし、すぐに視線を目の前の屹立に戻し、小鼻をふくらませた。

「いやらしい匂いがする……」

つぶやきに、頬が熱くなる。牡の正直すぎる性器臭を、しっかり嗅がれているのだ。

おまけに、みのりは筋張った筒肉に顔を寄せ、血管の浮いたところをペロリと舐めたのである。

「あああッ」

圭一はたまらず声を上げ、分身をビクンビクンと脈打たせた。気持ちよかったのは確かだが、それ以上に背徳的な悦びが生じたのだ。

「駄目だよ。そこ、汚れてるんだから」

腰を引いて逃れようとしても、彼女は強ばりを強く握って離さなかった。

「藪野さんだって、あたしの汚れてるオマ×コ、ペロペロ舐めたじゃないですか」

見た目清純そうな女子学生が口にした卑猥な四文字は、かなりの破壊力があった。圭一は耳にしたことがとても信じられず、茫然と立ち尽くした。

それをいいことに、みのりが肉根をあむっと咥える。

「あ、駄目――くはぁあああっ」

チュッと吸われ、舌を絡みつかされる。ゾクゾクする歓喜が背すじを駆けのぼり、膝から崩れ落ちそうになった。

（ああ、こんなのって……）

罪悪感と快感が、螺旋状に絡まって高まる。こんなことをさせちゃいけないという理性と、もっとしてほしいという欲望が、胸の内で葛藤を始めた。

だが、結局勝利をおさめたのは、欲望であった。彼女が肉根をしゃぶりながら、陰囊もすりすりとさすったため、理性があっ気なくKOされたのだ。

「ん……ンふ」

みのりが頭を前後に振り、熱心に吸茎する。口許から、ぢゅ、ぢゅぷっと淫らな水音がこぼれた。唇をすぼめ、頰をへこませたフェラ顔にも、頭がクラクラするほどに昂奮させられる。

おかげで、意識して気を逸らさねば危ういぐらいにまで、性感が上昇した。

「ぷは――」

彼女がペニスを吐き出したときには、こびりついていた匂いも味もなくなっていたに違いない。そして、唾液に濡れた筒肉をゆるゆるとしごきながら、淫蕩な目つきで見あげてくる。

「気持ちよかったですか？」

「うん……」

圭一は気圧されてうなずいた。すると、みのりが満足げに頬を緩める。

「精液、出したいですか？」

そう言って、悪戯っぽく目を細めたかと思うと、左手で玉袋をやわやわと揉みしだいた。

「ああ、あ、くうう」

息が荒ぶり、膝が崩れそうに笑う。圭一は必死の思いで下半身を立て直した。

「ほら、キンタマもパンパンになってますよ。精子が中にいっぱい溜まってるみたいですね」

猥語の連続口撃にも、正常な思考が阻害される。もはやほとばしらせずにいられないところまで、圭一は高まっていた。

「ねえ、出したいんでしょ？」

「う、うん」

観念してうなずくと、彼女がにんまりとほくそ笑んだ。

「じゃ、出しなさい」

年上に命令口調で告げ、手の上下運動を速める。まといついた唾液と、鈴口から溢れたカウパー腺液が包皮に巻き込まれ、クチュクチュと泡立った。

（うう、たまらない）

肉根をしごくのに加え、陰嚢も揉み撫で続けているのだ。ひと回り以上も年下の娘に翻弄され、オルガスムスの高みへと舞いあがる。

3

「ああ、あ、いく」

圭一は息を荒ぶらせ、腰をガクガクと揺すった。ところが、あとひとしごきで絶頂というところで、みのりがいきなり手を離したのである。

「え？」

爆発寸前まで高められたイチモツが、どうしてと駄々をこねるみたいに頭を振る。悔し涙を思わせる我慢汁が、ツーっと滴った。

「イキたかったら、さっきの女のひとのことを正直に話しなさい」

挑発的な眼差しを向けられ、圭一は啞然となった。

(じゃあ、そのことを聞き出すために、こんなことをしたのか?)

まさか二十歳そこそこの娘に、射精を焦らす手練を用いられるとは思わなかった。

「いや、だから、あのひとはそういうんじゃないんだよ」

「だったら話せるはずですよね」

真っ当な反論に、ぐっと詰まる。それはたしかにそのとおりでも、いかがわしいことがないからこそ、話せないことだってあるのだ。

圭一が黙っていると、みのりが頰をふくらませる。いかにも子供っぽい不機嫌な表情ながら、やっていることは充分すぎるほど大人である。

「ったく、強情なんだから」

ペニスを摑み、乱暴にしごく。しかし、それでは面白くないと思ったらしい。即座に中断すると、再び口を寄せてきた。

それも、真下のフクロのほうへ。

「うひッ」

シワシワの嚢袋にキスをされ、腰の裏がゾクッとする。さらにチロチロと舐めくすぐられて、圭一は身をよじらずにいられなかった。

「うあ、あ――や、やめ……」

いよいよ立っていられなくなり、手をのばしてスチール棚の支柱を摑む。だが、悪戯な舌が汗じみた鼠蹊部にまで入り込んだことで、腰まで砕けそうになった。

「ああ、そ、そこは本当に駄目だから」

アポクリン腺のケモノっぽい匂いが染みついているはず。けれど、みのりは少しも厭うことなく、熱心に舌を這わせた。

さらに、縮れ毛にまみれた陰嚢を、口に含むことまでする。

「うう、み、みのりちゃん」

申し訳なくてたまらないのに、目がくらむほどに感じてしまう。シワの一本一本を辿るような丹念な舌づかいに、これから一生頭が上がらない気がした。

そうやって、牡の急所を清涼な唾液で清めると、聳《そび》え立つ秘茎に目標を移す。

赤黒く張り詰めた亀頭を口に入れ、ちゅぱちゅぱと吸いたてた。

同時に、指の輪を硬い肉棹に往復させる。

「ああ、も、もう」

頂上が迫り、呼吸が荒ぶる。しかし、やはり達する直前で口も指もはずされて、分身はビクンビクンと虚しくしゃくり上げた。

「い、意地悪しないでくれよ」

情けないと知りつつも、涙を滲ませて懇願する。

「意地悪なのは藪野さんのほうです。正直に話してくれればいいだけなのに」

みのりはむくれ顔を見せ、敏感な包皮の継ぎ目部分にふーっと息を吹きかけた。

それだけでやけに感じてしまい、圭一は「あうう」と呻いた。

「さ、白状しなさい」

彼女が屹立を緩く握り、苛立つほど遅い動作で手を上下させる。

性感曲線が高い位置で推移し、もどかしさが募る。早く出したい、楽になりたいと泣いて訴えるみたいに、ペニスは粘っこい透明汁をトロトロと流した。

「わ、わかったよ。ちゃんと話すから」

とうとう圭一は陥落した。甘美な責め苦に耐えられなかったのだ。同じことをされたら、どんなに屈強なテロリストだって口を割るに違いない。

「最初から素直になればいいんですよ」

偉そうに言い、手の動きを止める。脈打つ肉根をたしなめるみたいに、握りに強弱をつけた。

「じゃあ、ちゃんと話したら、イカせてあげますね」

勝ち誇ったふうに言われ、圭一は仕方ないと肩を落とした。

「じゃあ、このことは誰にも話さないでくれよ」

釘を刺してから、育美の件を打ち明ける。ステージを見て泣いていた彼女が気になり、声をかけたこと。それから、未亡人の悲しみの理由も。

「そうだったんですか……」

みのりは神妙にうなずいた。気まずげに唇を歪めたのは、誤解していたことがわかったからだろう。

「ごめんなさい。変なふうに考えちゃって」

間違いを認めて謝る、素直なところに好感が持てる。さっきの仕打ちも許せる気がした。

「いや、いいんだよ。勿体ぶって話さなかった、おれも悪いんだ」

彼女を信じてあげればよかっただけなのである。何しろ、こんなにいい子なのだから。

「だけど、優しいんですね、藪野さんって。見ず知らずのひとの相談にも乗ってあげるなんて」

「まあ、おれが気になったからなんだけど。それに、相談に乗ったなんて大袈裟なものじゃないよ。ただ話を聞いただけなんだし」

「それだけでも、あのひとはとてもうれしかったと思いますよ」

「そうかな？」

「ええ、絶対に」

同性のみのりが言うのだから、本当にそうなのかもしれない。出過ぎたかもと心配していた圭一は、ようやく安堵した。

ただ、それならば尚のこと、元気づけてあげたいと思う。

と、みのりがペニスの指をはずす。ちょっと考えてから立ちあがり、圭一に背中を向けた。

（え、まさか）

ひょっとしてと胸を高鳴らせる圭一の前で、彼女はミニスカートの下に両手を入れた。少しためらってから、ひらひらのアンダースコートを膝まで下ろす。

「手やお口でするより、こっちのほうがいいですよね」

そう言って、スカートをたくし上げると、ぷりっと丸いおしりがあらわになった。アンスコだけでなく、パンティもまとめて脱いだのだ。

みのりはスチール棚につかまり、前屈みになった。白い双丘が突き出され、深い谷がぱっくりと割れる。そこから淫靡な女くささがたち昇った。

「オマ×コに挿れて、中で気持ちよくなってください」

淫らな光景とあられもない誘いに、眩暈《めまい》を起こしそうになる。

「い、いいの？」

「はい。あたし、生理が終わったばかりだから、精液をいっぱい注いでくださ い」

前回交わったときは、生理前だと言っていた。今日は終わったばかりと、なんてタイミングがいいのだろう。

しかも、こんなふうに尻をまる出しにした娘を貫く場面を、さっきステージを見ながら妄想したばかりなのだ。こうも簡単に願いが叶うと、幸運すぎて怖くなる。

だからと言って、遠慮するつもりは毛頭なかった。何しろ、射精せずにいられないところまで高められていたのだから。

圭一が前に進むと、それを察した彼女が膝を限界まで離す。伸びきったパンティの内側が覗き、クロッチの裏地に濃い黄ばみと、糊状の付着物が見えた。

そのため、挿入前に秘部の正直な匂いや味を暴きたくなる。

（みのりちゃんだって、おれにあんなことをしたんだから——）

当然の権利だと自らを納得させ、彼女に気づかれないよう膝をつく。目の高さになった若尻に劣情を滾《たぎ》らせ、尻割れの狭間に鼻面を突っ込んだ。

途端に、酸っぱい匂いが鼻奥にまで流れ込む。

「え、なに？」

みのりがこちらを振り向く気配がある。逃げられる前にと、圭一は蒸れて湿った陰部をねぶった。最初から舌を深く差し入れ、粘っこい蜜を絡め取りながら。

「イヤイヤ、だ、ダメぇーッ！」

甲高い悲鳴があがり、若腰が左右にくねくねと揺れる。それを両手でがっちりと抱え、鼻を鳴らしながら秘芯を味わえば、尻の谷がいく度もすぼまった。

「だ、ダメですってば。そこ、汚れてるんですからぁ」

非難の声に、（そっちもしたじゃないか）と、心の中で言い返す。だいたい、このあいだも同じことをされているのだ。

なのに、抵抗は今のほうが強い。

「お、お願い……ホントにダメなんですってば」

泣きべそ声で訴える。何がそんなに嫌なのかと、前のときと変わらぬ淫靡なかぐわしさを堪能していると、尻の谷に入り込んだ鼻が、わずかな異臭を捉えた。

(あ、これは——)

前回も嗅いだ、アヌスの発酵臭。よりくっきりした匂いだから、用を足したあとなのではないか。だから余計に恥ずかしくて、ここまで抵抗するのだろう。

もちろん圭一は、少しも嫌ではなかった。

健気な娘の、決して知られたくないであろう秘臭に昂奮したのは前回と同じ。今度はすぐに消えないから、より長く愉しめる。深々と吸い込み、うっとりしてペニスを脈打たせた。

そして、嗅覚の次は味覚でも堪能したい。

可憐なツボミをペロリと舐める。みのりが「きゃんッ」と子犬みたいに啼いた。

「ダメぇ、そ、そこ、汚れてるの。あたし、さっき——」

そこまで口にして、「うー」と唸る。やはり用を足したあとなのだ。

圭一はかまわず舌を律動させた。しょっぱみや、ちょっぴりだけあった苦みが消え、アヌスが柔らかくほぐれてきた頃合いを見て、尖らせた舌先を中心へ突き立てる。

「あ、あっ、くううー」

　呻き声に合わせて、秘肛がキュッキュッと収縮した。

　愛らしい反応に昂ぶりつつ、圭一は不意に思い出した。同じことをして、彼女を泣かせてしまったことを。

（しまった。またやり過ぎたかも）

　みのりは羞恥に身を震わせ、しゃくり上げているよう。これ以上辱めたら、今度こそ嫌われるかもしれない。

　圭一はすべすべヒップを愛でながら、とりあえず謝った。

「ごめんよ。みのりちゃんのおしりが可愛いから、また夢中になっちゃって」

　すると、彼女がクスンと鼻をすする。何か言いたそうに丸みを揺すったものの、先に謝られたせいで責めることができなくなったようだ。

「可愛いって……だからっておしりの穴まで舐めたら、ぴょ、病気になっちゃいますよ」

　ブツブツと、口ごもるようになじる。

「大丈夫だよ。みのりちゃんは、おしりの穴も可愛いから」

　根拠のない理由に、彼女はあきれたようだ。

「あたし、ステージの前に、トイレで大きいほうをしたんですからね」

と、そんなことまで打ち明けた。

「ああ、どうりでいい匂いがすると思った」

「ヘンタイ」

罵る言葉も心なしか優しい。どうやら機嫌を損ねずにすんだようだ。

「じゃあ、挿れてもいい？」

恥唇から透明な蜜が滴りそうになっているのを確認してから訊ねると、「はい」

と返事がある。

「おっきくて硬いオチ×チンで、いっぱい突いてください」

淫らなおねだりに胸がはずむ。

「わかった」

圭一は意気揚々と立ちあがった。狭い蜜穴に猛る分身をあてがうと、ひと思いに貫く。

「きゃふぅううう──っ！」

甲高い嬌声が、コンクリートの壁に反響した──。

女子学生の膣奥にたっぷりと射精し、圭一は彼女の背中にからだをあずけるようにして、ハァハァと息を荒ぶらせた。

（気持ちよかった……）

オルガスムスの余韻はまだ続いており、からだのあちこちが思い出したように ピクッとわななく。狭穴に入ったままのペニスは、なまめかしい締めつけを浴びていた。

おかげで、そこは完全に萎えることなく、八割ほどの膨張を保っていた。

「いっぱい出たみたいですね」

吐息をはずませながら、みのりが艶めいた声で言う。

「わかるの？」

「だって、オチ×チンが中ですごく暴れて、温かいのがビュッビュッて勢いよく出てましたから」

そこまでわかるほどの、激しい射精だったのか。だが、そのときの頭が真っ白になる感覚を思い返し、

（たしかにそうかもしれないな）

と、圭一は納得した。実際、魂まで抜かれたみたいに、脱力感も著しかったのだ。

（だけど、外に声が聞こえなかったろうな）

ここが広場のステージ脇の控室であることを、今さら思い出す。それに、みのりはかなり派手によがっていたのだ。

もっとも、コンクリートの建物は、控室というよりは用具庫に近い頑丈な造りだ。ドアもスチール製でぴったり閉まるタイプのものだし、聞こえたとしてもかすかなものだろう。

だいたい、外はかなり賑わっているのだ。子供たちの歓声や、外の陽気な音楽が、わずかながら聞こえる。同じぐらいのボリュームで声が外に漏れても、気づく者はいまい。

そして、それよりも重要なことに思い至る。

「あの……ごめん」

謝ると、振り返ったみのりがきょとんとした顔を見せた。

「え、何がですか？」

「いや、本当はみのりちゃんもイカせてあげたかったんだけど」

先に彼女を絶頂させるか、せめて同時に昇りつめるかしたいと、奮闘努力したのである。ところが、早々に爆発してしまったのだ。

事前に長く焦らされたために、堪え切れなかった部分もあったろう。しかし、ずっと年上でありながら、だらしなく白旗を掲げることになったのは、情けないとしか言いようがない。

「ああ、いいんですよ。あたしは充分に気持ちよかったし、藪野さんがあたしで感じてくれたのもうれしいんですから」

朗らかに告げられ、胸がすっと楽になる。なんていい子なのかと、目頭が熱くなった。

「でも、藪野さんの、まだ大きなまんまですね」

体内で自己主張するものに気づいたか、みのりが悩ましげに腰をくねらせる。膣も甘噛みするみたいにキュッキュッとすぼまり、快さがぶり返した。

「ああ、み、みのりちゃん」

反射的に腰を振ることで、悦びがさらに高まる。媚穴でヌルヌルとこすられる分身が、最高の硬度を復活させた。

「あん、すごい」

逞しい脈打ちを体内に感じ、若尻が谷をすぼめる。心地よい締めつけに、脳が痺れるようだった。

「ま、また勃っちゃったよ」

圭一が耳もとでささやくと、彼女がくすぐったそうに肩をすぼめる。

「もう一回しますか?」

嬉しい誘いにうなずきかけたとき、いきなりドアが開いたものだから、心臓が破裂するかと思った。

「何をやってるの、あなたたち!」

仁王立ちになって叱声を放ったのは、パンツスーツ姿の人妻マネージャー、真知子であった。

4

悪さをしているところを見つかった中高生みたいに、圭一とみのりは床に正座をさせられた。それも、下半身を脱いだままで。

みのりのアンスコとパンティは、膝のところでとまっている。ただ、スカートが腰回りを隠しているぶん、完全フルチンの圭一よりはマシだったろう。

もっとも、挿入中という決定的な場面で踏み込まれたのである。言い訳もできず、どっちがマシかなんて悠長な比較ができる状況ではない。

（ていうか、どうして時田さんにバレたんだろう……）

それも不思議といえば不思議である。外から見えるはずがないのだし、声で気づかれたとも考えにくい。ふたりでここに入るのをたまたま見ていて、なかなか出てこないものだから業を煮やし、突入してきたのか。

ただ、中で何が行われているのか、最初からわかっていたふうなのだ。繋がったふたりを見て驚いた様子も見せず、すぐに叱ったのだから。

ともあれ、まずい状況であることに変わりはない。

「まったく、何を考えているのよ。仕事中に、しかもこんな場所でいやらしいことをするなんて。外には子供たちがたくさんいるっていうのに、もしも気づかれたらどうするの!?」

真知子はかなり怒っていた。マネージャーという立場上、当然のことだろう。

彼女の言ったとおり、誰かに見つかろうものなら大騒ぎになっていたはずだ。公然わいせつで警察沙汰にならずとも、このキッディーランドの信用問題に関わるのは間違いない。スタッフが営業時間中に淫らな行為に耽る遊園地だと知れ渡ったら、親は子供を行かせたくない、連れていきたくないと敬遠するはずだ。

そう考えれば、真知子に見つかったのは幸運だったと言えるかもしれない。もちろん、誰にも知られず終わるのが、いちばんよかったのであるが。

とにかく軽率だったし、職務怠慢であった。圭一は素直に反省し、「すみませんでした」と頭を下げた。そのときにはさすがに、ペニスも持ち主同様うな垂れていた。

ところが、みのりはずっとむくれ顔を見せていたのである。

「河名さんはどうなの？　ちゃんと反省してるのかしら」

真知子に問い詰められても返事をせず、上目づかいで見つめる。と言うより、ほとんど睨みつけているかのようだった。

そんな態度を取られれば、人妻上司が気分を害するのは当たり前だ。

「なんなの、その顔は!?　あなた、ちっとも悪いと思ってないみたいね」

「そんなことはないです。仕事が終わってないのにエッチしたのは、よくなかったと思います。それから、こういう場所でしたことも」

「だったら、どうしてちゃんと謝らないの？」

「だって……時田マネージャーは、あたしたちここにいるって知ってましたよね。あたし、ここへ入る前に、マネージャーがこっちを見てたことに気づいてましたから」

この反撃に、真知子はうろたえた。

「わ、わたしはそんな――」

「ていうか、藪野さんがあのひと――未亡人さんと話していたときから、ふたりを見張ってたじゃないですか。あたしは、マネージャーが怖い顔をしてベンチのほうを睨んでいたから、藪野さんが知らない女のひととい ることに気づいたんですよ」

圭一は驚いた。育美と一緒のところをみのりだけでなく、真知子にまで見られていたなんて。

しかも、睨んでいたということは――、

（おれが他の女性と坐ってたから、嫉妬したのか？）

考えて、いや、そんなはずはないかと打ち消す。真知子はあのとき、これが最後だときっぱり言ったのだ。つまり、同じ遊園地で働く以外の関係は、もはやないということである。どうして嫉妬しなければならないのか。

だが、落ち着かなく目を泳がせる彼女は、明らかに平常心ではない。それを見て、みのりが追い討ちをかける。

「マネージャーはもともと藪野さんのことが気になっていて、だからあの未亡人さんといるところを見て不機嫌になったんですよね。で、あたしと藪野さんがいっしょにここへ入ったから、ますます頭にきたんじゃないですか？　それで、本当はすぐにでも踏み込みたかったけど、他に用事ができて行かなきゃならなくなったんだとか。だけど、そのおかげで、たまたまよいタイミングで現場をおさえられたんじゃないのかしら」

真知子は何も言えず、半開きの唇をワナワナと震わせる。これでは図星を突かれたと、自ら明かしているようなものだ。

（じゃあ、本当にそうなのか？）

たしかに辻褄が合うし、真知子の反応からして間違いなさそうだ。みのりの洞察力に、圭一は舌を巻いた。

そして、冷静さを失っている人妻を見て、さらに閃くものがあったらしい。

「そう言えば、藪野さんってマネージャーがスカウトしたんですよね。ひょっとして、おふたりもエッチしたんですか？」

「ななな、な、なに言って――」

普段の真知子だったら、もっと冷静に対処できたのではないか。ところが、鋭い女子学生にかなりのところまで見抜かれ、完全に自分を見失っていたらしい。

そのとおりですと観念したも同様に、狼狽しまくっていた。

「あ、やっぱりそうなんだ」

みのりがなるほどというふうにうなずく。

「まあ、そうですよね。そういう親密な関係がなかったら、他の女性といっしょにいるのを睨んだりしないでしょうし。それから、藪野さんのオチ×チンを見ても、全然平気でしたもんね」

はしたない発言をした彼女が、こちらを見る。圭一はドキッとした。

「藪野さん、マネージャーともエッチしたんですよね?」

「うん。あ――」

みのりの推理に感心していたものだから、つい認めてしまったのだ。しまったと思ったものの、すでに遅かった。

そのため、真知子がますます窮地に追い込まれる。

「マネージャーは旦那さんがいるんだし、他の場所で密会してる感じはしませんから、おふたりもキッディーランドのどこかでエッチしたんでしょ? だったら、あたしたちと同じじゃないですか。文句を言われる筋合いはないですし、マネージャーにあたしたちを怒る資格はありません」

園内で行為に及んだというのは、みのりの単なる憶測である。関係があったことは認めても、職場外でのことだと突っぱねればよかったのだ。

しかし、真知子にその余裕はなかったらしい。弁明もせず黙りこくる。

そもそも夫がいるのだから、不貞行為に変わりはない。どこでセックスしたのかなんて、些細なことだと考えたのかもしれない。

「あたしも藪野さんも独身だから、エッチしたってべつにかまわないわけですけど、マネージャーは違いますよね。旦那さんに知られたら、まずいことになるんじゃないですか?」

今や場の主導権を握っているのは、みのりであった。彼女は立ちあがると、膝に絡まっていたアンスコとパンティを爪先から抜いてしまった。

さらに、ミニスカートも床に落とし、下半身すっぽんぽんになる。

(何をするつもりなんだ……?)

あられもない姿になった女子学生を横から見あげ、不安を覚える。すると、彼女がこちらを見おろし、

「藪野さんも、下をちゃんと脱いでください」

自身と同じ姿になるよう促す。逆らえる雰囲気ではなく、圭一はのろのろと立

ちあがった。

足首のズボンとブリーフを取り去ると、みのりが前にいそいそと跪く。うな垂れて包皮を半分ほど戻したペニスに、いたいけな指を絡めた。

「うう」

快さが生じて、圭一は呻いた。海綿体に血液が舞い戻る感覚がある。

しかしながら、素直に悦びを受け止められなかったのは、目の前に真知子がいるからだ。彼女に叱られて、まずいことになったと思ったのは確かでも、決して恨んではいない。悪いのは自分たちなのだから。

それに、真知子は恩人でもある。その前で淫らな行為に及ぶことには、抵抗を禁じ得なかった。

けれど、みのりは背後の人妻など無視してコトに及ぶ。勃起の兆候を示す牡器官を、いきなり口に含んだ。

「あああああっ」

圭一は堪えようもなく声を上げた。強く吸われ、脳の中心を甘美な電流が貫いたのである。

(駄目だよ、そこは……)

真知子に踏み込まれたため、分身は清めていない。膣内で爆発したあとのままだから、生乾きのザーメンや愛液がこびりついている。

それを厭うことなく、みのりはピチャピチャと舌を鳴らして味わう。くすぐったい愉悦に脳幹が痺れ、呼吸が否応なくはずんだ。

「ぷは──」

彼女が口を外したとき、唾液に濡れた肉根は、隆々と聳え立っていた。

「大きくなったわ」

嬉しそうに目を細めたみのりが、後ろを振り返る。からだを横にずらし、猛る牡器官を人妻に見せつけた。

「ほら、こんなになりましたよ」

虚を衝かれたふうに固まっていた真知子が、ハッとして息を吞む。赤く腫れた亀頭を誇示する男根から、目を離せなくなったようだ。

「マネージャーも、このオチ×チンをオマ×コに挿れたいんですよね？」

「そ、そんなこと──」

否定しかけたものの、本心は誤魔化せなかったようだ。屹立を凝視したまま、彼女はコクッと喉を鳴らした。

「じゃあ、先にあたしが挿れてもらってもいいですか?」

挑発的に訊ねたみのりが、手にした肉棒に視線を戻す。筋張って血管を浮かせたものを、ゆるゆるとしごいた。

「だけど、どうしようかな……さっき、いっぱい突かれちゃったから、オマ×コがヒリヒリしてるんですよね」

挿入前にたっぷり濡らしたし、彼女が達する前に射精したのだ。膣内がヒリつくほど激しいことはしていない。その言葉は、年上の女がノッてくる余地を与えるためのものであったろう。

ただ、真知子は物欲しげにソワソワしだしたものの、自分がするとは言い出せない様子だ。それを横目で確認し、女子学生がやれやれというふうに肩をすくめる。

「藪野さんもエッチしたいですよね?」

「え? ああ、まあ……」

「いいですよ。あたしのオマ×コに挿れても」

みのりが立ちあがる。さっきと同じようにスチール棚に手をかけ、ヒップを差し出すポーズをとった。

「さ、またいっぱい突いてください」

彼女が淫らな誘いを投げかけたのと間髪を容れず、

「わ、わたしにさせて！」

真知子が我慢できないとばかりに名乗りを上げた。

5

「いやあ、こ、こんなの……」

人妻マネージャーが嘆き、目を潤ませる。彼女はみのりに命じられ、下半身のものをすべて脱いだのだ。

「脱がなくちゃ、オナ×チンを挿れられないじゃないですか」

当然でしょと言いたげに、みのりが告げる。そして、棚に入っていた着ぐるみを引っ張り出した。それはキッディーランドのキャラクターであるクマまんではなく、ずっと薄手の、ピンク色のウサギだった。ステージで使う、普通に市販されているものらしい。

彼女はそれを床に敷くと、

「じゃ、ここに寝てください」

と、真知子を促した。

「え、ここに？」

「床に寝っ転がるよりは、ずっといいと思いますけど」

それもそうかとうなずき、着ぐるみを蒲団代わりに寝そべる熟女。ふわふわの毛並みがくすぐったいのか、おしりをモゾつかせた。

着ぐるみは大きめで、真知子はウサギに抱かれているような格好である。股間を両手でしっかり隠しているのは、セックスすると宣言したあとでも、性器を晒すのは恥ずかしいからだろう。

もちろん、みのりがそれを許すはずがなかった。

「じゃあ、そのまま膝を抱えください。赤ちゃんにオシッコさせるときみたいに」

屈辱的な指示に、真知子は悔し涙を滲ませつつも逆らわなかった。職場で不倫していたことを知られてしまい、立場が弱かったのは事実でも、それだけが理由ではなさそうだ。

（時田さん、ひょっとしていやらしい気分になっているんじゃ――）

セックスすることを了承したのも、単にバイトの女子学生と競ってではなく、純粋に男が欲しくなったからではないのか。あるいは、ふたりの交わりを目の当たりにした時点で、子宮が疼いていたのかもしれない。

ともあれ、真知子は両膝を折り、脚を掲げた。膝の裏をかかえ、言われたとおりの破廉恥なポーズを取る。

そうなれば当然ながら、恥ずかしい部分をすべてさらけ出すことになる。

「あー、あたしよりも毛がいっぱい生えてるんですね。さすがオトナって感じ」

みのりが膝をつき、女芯をしげしげと覗き込む。微妙な褒め言葉に、真知子は眉をひそめた。

「ふうん。おしりの穴のまわりにも生えてるんですね」

「う、嘘よ、そんな」

焦った様子の反論に、

「ホントですよ。ほら、ここに」

女子学生が人差し指を差しのべる。セピア色の排泄口を、厭うことなくちょんと突いた。

「きゃんっ」

真知子が愛らしい悲鳴をあげ、アヌスをすぼめる。さらに発毛のある周囲をなぞられ、ヒップをくねくねと揺らした。

「や、ヤダ、やめて」

「嘘だなんて言うからですよ。ここ、短い毛が、ちょびっとだけど生えてるんですからね」

「うう……あ、あなただって生えてるでしょ！」

それには答えず、みのりは圭一を振り仰いだ。

「藪野さん。あたしのおしりの穴にも、毛が生えてましたか？」

「いや、なかったけど」

正直に答えると、真知子が忌ま忌ましげに睨んでくる。圭一はまずかったかなと首を縮めた。

「あたしのには、生えてないんですって。まあ、もっとオトナになったら、どうなるかわかりませんけど」

みのりがしれっとして答え、秘肛に触れた人差し指を鼻先にかざす。わずかに眉根を寄せたのは、恥ずかしい移り香があったためなのか。

「じゃ、舐めてあげてください」

振り返った彼女に言われ、圭一はドキッとした。

「え、おれが？」

「当たり前じゃないですか。あたしにしたみたいに、マネージャーもいっぱい気持ちよくしてあげてくださいね」

にこやかに告げた彼女は、虫も殺さぬような無邪気な笑顔を見せている。そのくせ、命じていることは、淫らなことこの上ない。

（ええい、どうにでもなれ）

圭一はヤケ気味に膝をつき、熟女の中心に顔を寄せた。

「ああん……そこ、匂うのに」

真知子がつぶやいて身を揺する。だが、最初に交わったときに、正直な味も匂いも暴かれたのだ。その恥じらいはいちおうのポーズか、あるいは人妻としての慎みだろう。

よく繁茂した秘叢からたち昇るのは、蒸れた磯くささが強い。トイレのあとでしっかり拭いても、縮れ毛の中にオシッコの匂いが残ってしまうのではないか。どこか子供っぽい残り香にも胸がはずむ。ポーズがポーズなだけに、赤ん坊のオシメを取り替えるみたいな気分にさせられた。

けれど、少しも子供っぽくない、胸に染み入る濃厚な女くささも嗅ぎ取ったことで、劣情がふくれあがる。

(時田さんの匂いだ……)

懐かしさにかられる。彼女とは三度戯れたものの、あとの二回は圭一が愛撫されただけで、これを嗅げなかったからだ。

胸をはずませて女陰に顔を埋めると、濃密さを増した恥臭に頭がクラクラする。反射的に深く吸い込み、二酸化炭素を吐き出すのと同時に、恥割れへ舌を差し入れた。

「あふン」

真知子が喘ぐ。膝を抱えているため、たるんだふうにぷっくり盛りあがった下腹が、なまめかしく波打った。

華芯はぬるい蜜をたっぷり溜めていた。やはり昂奮していたのだ。粘っこいそれを舌で掬い取り、ぢゅぢゅッとすする。

「あひぃッ」

鋭い声が狭い空間にこだました。

「オマ×コ舐められて、気持ちいいですか?」

みのりの問いかけに、真知子は何も答えなかった。無視したわけではなく、それどころではなかったらしい。

「ああ、こ、こんなの……くうう、か、感じすぎちゃう」

切なげな声を洩らし、腰をガクガクと上下させる。久しぶりのクンニリングスに乱れているふうだ。

夫がいるから淫らな関係は終わりにしようと、一度は圭一に告げたのである。貞淑な人妻を装っても、肉体は満たされていなかったのではないか。それこそ、セックスレスで。

だったらもっと感じさせてあげようと、舌先で敏感な肉芽を探る。恥毛の森の中にフード状の包皮を見つけ、それを剝き上げるようにして舌を律動させた。

「ああ、あ、そこぉ」

お気に入りのポイントを刺激され、真知子があられもなくよがる。発情した女芯が、ぬるい牝臭をぷんぷんと放った。

そのとき、圭一の舌づかいが乱れたのは、真後ろから股間をさわられたからだ。それが誰の手かなんて、考えるまでもなかった。

「ふふ、キンタマがこんなに持ちあがってる」

シワ袋をスリスリと撫でられ、くすぐったい快さに鼻息が荒ぶる。そこはさっき、清涼な唾液を塗り込められたのであるが、もちろんとっくに乾いているはずだ。

みのりは急所だけでなく、同じように舌を這わせた鼠蹊部も指でこすった。さらに、舐めてはいないけれど、牡排泄口も悪戯する。

「むううう」

腰の裏がムズムズして、たまらずくねらせてしまう。あやしい悦びが生じつつも、こんなのはまずいと自らを諫《いさ》めたのは、危ない道にはまってしまいそうな気がしたからだ。

「可愛いおしりの穴」

愉しげな声が聞こえ、その部分に温かな息がかかる。まさかと思う間もなく、指と異なるものがアヌスに触れた。

チュッ——。

軽く吸われたのに続いて、ヌルッとしたものが這い回る。みのりが肛門を舐めているのだ。

彼女のように用を足したあとではない。ちゃんと出かける前にすませているし、洗浄器で綺麗にした。

だからと言って、清潔だとは言い難い。そんなところに口をつけられるのは、申し訳なくて仕方なかった。

「だ、駄目だよ。そんなとこを舐めちゃ」

クンニリングスを中断してたしなめると、即座に反論される。

「藪野さんだって、あたしのおしりの穴をペロペロしたじゃないですか。しかも、ウンチをしたあとでくさかったのに」

「いや、それは……」

「それと比べたら、藪野さんのは全然マシですよ。まあ、毛はいっぱい生えてますけど」

知りたくもないことを告げられ、耳まで熱くなる。ただ、秘肛を舐められて、気持ちよかったのも事実なのだ。

そこまで言うのなら、好きにさせておけばいい。そして、自分がされているからでもなかったが、圭一は人妻のアヌスをねぶった。

「ああ、い、いや……そんなところまで舐めなくてもいいのにぃ」

真知子がおしりをイヤイヤさせる。だが、熟れたツボミはもっとしてとねだるみたいに、忙しくすぼまっていた。

（やっぱりここは感じるところなんだな）

最初のときも、彼女はアナル舐めで快感を得て、おびただしい蜜を溢れさせたのだ。

圭一は収縮する肛穴をしつこく舐めながら、指でクリトリスを探った。包皮の上から圧迫してこすると、艶腰がワナワナと震え出す。

「ああ、あああああ、いやぁ」

たちまち上昇しだしたようで、切羽詰まった嬌声があがる。

（よし、このまま──）

あのときも、同じことをして絶頂させようとしたものの、挿入をねだられてできなかったのだ。ならば今度こそと、舌と指づかいをシンクロさせる。

「イヤイヤ、あ、ああっ、ヘンになるぅ」

真知子が乱れた声を発する。早くも昇りつめそうだ。

そのとき、みのりが脚のあいだから手を入れ、下腹にへばりついていたペニスを握ったのである。

「わ、かったーい」

強ばりきったものをしごき、カウパー腺液でヌルヌルになった亀頭粘膜をこする。電流のような快美に目がくらみ、舌の動きが覚束なくなった。

(くそ、負けないぞ)

みのりに対抗して、真知子に快感を与える。ふたりのあいだで、圭一は孤軍奮闘の様相を呈してきた。

「あ、あ、イキそう」

真知子がいよいよ高みへと至る。圭一は自身も爆発しそうになりながらも、懸命に堪えて舌と指の奉仕を続けた。

「はあああ、イクイク、い、イックぅううぅーっ!」

熟れた女体がガクンガクンと跳ねる。膝を抱えていられなくなったようで、曲げていたからだを勢いよく伸ばした。

「うわっ」

彼女の下半身が勢いよくぶつかり、圭一は真後ろに跳ねとばされた。

「キャッ」

みのりが巻き添えを食って、尻餅をつく。

「あ、あふっ、ううう」

着ぐるみの上でぐったりとなった人妻が、胸を大きく上下させる。下半身だけをまる出しにした格好は、全裸よりもいやらしい。

おかげで、爆発寸前まで高められた分身が、雄々しく反り返る。下腹をぺちぺちと打ち鳴らし、先走りの粘っこい糸を何本も繋げた。

「もう、痛いなぁ」

おしりをさすりながら身を起こしたみのりが、背後から寄ってくる。

「藪野さん、マネージャーのオマ×コに、オチ×チンを挿れてあげて」

直接的な表現で促され、圭一は反射的に動いた。目を閉じて、しどけなく手足をのばす真知子に身を重ねる。

「ンう……」

小さく呻いた彼女が瞼を開き、ぼんやりした眼差しを向けてきた。ほんのり赤らんだ頬も合わせて、やけに色っぽい表情だったから胸が高鳴る。

そのとき、圭一が腰をブルッと震わせたのは、またもみのりが後ろから股間に手を入れ、勃起を握ったからである。そして、頼みもしないのに、人妻の濡れた華芯にあてがった。

「さ、挿れて」

そんなに結合させたいのかと首をかしげつつも、準備が整えば交わりたくなる。

何しろ、息吹く蜜穴の熱さを感じているのだから。

（また時田さんとセックスできるなんて――）

二度とないものと諦めていたぶん、喜びが大きい。出会ってから一時間あまりで結ばれたときの、蕩けるような気持ちよさも思い出し、分身がさらなる力を漲らせた。

「挿れるよ」

真知子とみのり、どちらにということもなく告げ、腰を進める。筒肉に絡んでいた指がすぐにはずれ、濡れ柔らかな狭道へと入り込んだ。

「あああっ」

人妻が上半身を反らす。再び掲げた両脚で、牡腰を抱え込んだ。

（気持ちいい……）

柔らかな蜜穴に包まれたペニスに、粒立ったヒダが戯れかかる。抽送せずとも締めつけと、内部の蠕動だけで昇りつめそうだ。

「あん、入っちゃった」

みのりの声が、尻のあたりから聞こえてくる。どうやら結合部を覗き込んでいるらしい。それだけ好奇心が旺盛なのか。まあ、他人のセックスを間近で目にする機会など、そうそうないだろうが。

若い娘の視線にゾクゾクしつつ、圭一はゆっくりと腰を前後に振った。みのりに見えやすいように、股を開き気味にして。

「あ、あ……感じる」

さっき昇りつめたばかりの女体が、愉悦の階段を登りだす。新たなラブジュースが湧き出したようで、ペニスの動きがいっそうスムーズになった。

交わる性器が、ヌチュヌチュと卑猥な粘つきをたてだす。

「やん、すごい。白いのが出てきてるぅ」

愛らしい声が報告する。交わる性器の隙間から、淫液が溢れ出ているようだ。

息をはずませてピストン運動を続けていると、いつの間にか移動してきたみのりが、耳もとに囁く。

「ね、次はあたしのオマ×コも、気持ちよくしてくださいね」

はしたないおねだりに、胸がはずむ。

(やっぱり、さっきイケなかったから物足りなかったんだな)

そんなことを考えながら、圭一はリズミカルに腰を振り続けた。

第五章　歌う未亡人

1

翌週の日曜日、育美がキッディーランドに現れた。圭一が無料招待券を送り、来てもらったのである。

「山里さん、お待ちしておりました」

約束した時間に入り口で待っていた圭一が挨拶すると、彼女は戸惑い気味に頭を下げた。

「ご招待、ありがとうございます」

「いえ、お忙しいのにお越しいただき、かえってすみませんでした」

「そんなことはないですけど」

どこか不安げなのは、どういう用件か教えられていないからだろう。圭一はその場で何も伝えず、「どうぞこちらへ」と未亡人を先導した。

連れていったところは、中央の広場。そのステージ前であった。

「もうすぐ始まりますから」

空いている席に並んで坐ると、育美は落ち着かない様子で周囲を見回した。

「いいんですか?」

「え、何がですか?」

「子供連れじゃないのに、図々しく坐ったりして」

席は八割ほど埋まっていた。さらに観客が増えたら、坐れない家族が出るかもしれないと気にしているようだ。

(気遣いのできるひとなんだな)

このあいだも、彼女は後ろのほうからステージを見ていた。独り身だからと遠慮していたのだ。

「いいんです。今日の山里さんは、特別ゲストなんですから」

「え、特別?」

「あ、そう言えば、忘れてました」

圭一はポケットから大きな缶バッジを取り出した。そこには「いくみ」と平仮名の名前が入っている。

「これは、キッディーランドからのプレゼントです」

「プレゼント……」

「じゃあ、さっそくここに」

腰のあたりに缶バッジをつけてあげると、育美は頬を赤らめた。名前が平仮名だから、子供っぽくて恥ずかしいと思ったのではないか。

けれど、これがないと困るのだ。

「あ、もうすぐ始まりますよ」

ステージから音楽が流れる。脇から登場したのはみのりであった。

「あら？」

育美が怪訝な面持ちを見せる。今日の彼女は前回と違い、ウサギの着ぐるみ姿だったからだろう。もっとも、頭はかぶっておらず、ウサ耳だけを着けている。

「はーい、みのりウサちゃんだよー。みんなー、こんにちぴょーん」

脳天気な挨拶に、子供たちがキャッキャッと楽しそうに笑う。すると、みのりが一転、悲しそうな顔を見せた。

「あのね、今日はみんなに、悲しいお知らせがあるの。今日のお姉さんはウサギだから、いつもみたいにお歌がうたえないの。残念ぴょーん」

「えーっ!?」

子供たちから不満の声が上がる。実に反応がいい。

「でも、だいじょうぶ。今日はみのりウサちゃんの代わりに、お歌をうたってくれる優しいお姉さんが来てくれました。育美お姉さんです」

みのりが右手を差し出したほうに、観客たちの視線が向けられる。そこに坐っていたのは、もちろん育美だった。

「え、えっ？」

驚いてうろたえる未亡人の背中を、圭一は軽く叩いた。

「さ、立って」

「え、でも……」

「ほら、子供たちが待ってますよ」

言われて、自分に注がれる無邪気な眼差しに気づいた育美は、戸惑いつつも立ちあがった。すると、近くにいた幼い少女が、缶バッジの名前を指差す。

「い、く、み、おねえさん？」

愛らしく小首をかしげた幼女に、育美は照れくさそうにうなずいた。

「さあ、育美お姉さんに大きな拍手をしましょう」

可愛い手がパチパチと打ち鳴らされ、やらなきゃいけない気になったようである。ぎこちない笑みを浮かべつつ、彼女はステージに向かった。

「それじゃあ、さっそく歌ってもらいましょうね。曲は『たのしいスキップ』です」

圭一も何度か聞いたことのある、耳に馴染んだ前奏が流れる。みのりは育美にマイクを渡すと、譜面台も準備した。万が一、歌詞やメロディーを知らなかったら困るだろうと、配慮したのである。

けれど、さすがは音大出身。あるいは、いつか子供ができたときに歌ってあげようと、練習したことがあったのか。育美は譜面など見ずに、綺麗な歌声を響かせた。

子供たちも親も、うっとりと聴き惚れる。

（本当に上手なんだな）

圭一も感心して耳を傾けた。

最初は、さすがに緊張の色が見て取れたのである。けれど、一曲を歌い終えて安堵の笑みを浮かべた育美は、二曲三曲とこなすうちに、かなり余裕が出てきたようだ。子供たちに向かって手を振り、みのりとの綺麗なハーモニーも響かせる。

「じゃあ、今度はみんなでいっしょに歌おうね」

みのりが手招きして、子供たちをステージにあげる。これに、親たちは大喜びだった。いい記念になると、多くのカメラやビデオが向けられる中、育美は子供たちにもマイクを向け、一緒に歌った。これまでで最高の笑顔を見せて。

(うれしそうだな……よかった)

このイベントを企画した甲斐があったと、圭一は胸を撫で下ろした。そして、子供たちとふれあう未亡人に、目頭が熱くなる。

きっと育美は、こんなひとときを夢見ていたに違いない。彼女自身の子供ではないのは残念だけれど、楽しそうに笑う姿を見て、喜ばずにいられなかった。

実際、育美は時おり、感極まったふうに目を潤ませたのだ。

最後の曲は、キッディーランドのテーマ曲でもある「クマまんマーチ」。クマまんの着ぐるみも脇から登場して、子供たちは大喜びだ。

亡くなった夫と何度もここを訪れて、そのときに憶えたのか。マイナーなこの歌も、育美はしっかりと歌い上げた。

(みのりちゃん、いい曲を選んでくれたな)

ステージ構成はすべて彼女にまかせたので、クマまんの登場には圭一も少なからず驚かされた。だが、おかげで大いに盛りあがり、ウサギコスプレの女子学生に、心の中で感謝した。

ステージが終わっても、育美は子供たちに囲まれていた。クマまんやみのりと一緒に記念撮影に応じ、子供たちと言葉や握手を交わした。

それも終わって、ようやくイベントがひと段落つく。圭一はステージに歩み寄った。

「山里さん、お疲れ様でした。みのりちゃんもありがとう」

「どういたしまして」

みのりが笑顔で答える。そして、育美はようやく夢から醒めたみたいに、ふうと息をついた。

それから、圭一に感謝の面持ちを向ける。

「あの……今日のこれって、藪野さんが計画してくださったんですか？」

「まあ、そうです。最初にちゃんとお話ししておけばよかったんですけど、サプライズのほうが面白いかと思って。驚かせて申し訳ないです」

「いえ……本当にありがとうございました」

頭を下げられ、照れくさくなる。

「だけど、おれひとりでしたわけじゃないんですから。みのりちゃんの協力があったからこそ、ここまでできたんです」

「あ、もうひとり大事なひとを忘れてますよ」

みのりに言われ、圭一は「え、誰？」と訊き返した。

「時田マネージャーです」

たしかに、今回のイベントに関しては、真知子に了承してもらったのである。ただ、この場にいないから、名前を出さなかったのだ。

「まあ、たしかにそうだけど」

「もしかしたら、いちばん大変なのは、マネージャーかもしれませんよ」

「え、どうして？」

思わせぶりににんまりしたみのりが、振り返って指を差す。そこには、着ぐるみのクマまんがいた。

「え、ひょっとして、あの中に!?」

「心配だから近くで見ていたかったみたいです。それに、クマまんを最後にってアイディアは、実はマネージャーが出したんですよ」

そうだったのかと、圭一は胸がいっぱいになった。

いつも以上にフラフラしているのは、慣れていないからだろう。そこまでしてくれた真知子に感謝すると同時に、それとは異なる感情も頭をもたげた。

（時田さんは、あの中で汗まみれになってるんだろうな……）

今日もいい天気だったのだ。きっと素敵な匂いをさせているに違いない。などと考えて、モヤモヤしてしまう。

「マネージャーさんが、どうかなさったんですか？」

事情を理解していない育美が、怪訝な表情を見せる。

「ああ、いや。べつに」

圭一は我に返り、苦笑いを浮かべた。

2

その日の夜、お礼がしたいからと、育美から食事に誘われた。

「そこまでしていただかなくてもけっこうです。山甲さんに元気になっていただけたら、それでよかったんですから」

圭一は断ったのであるが、彼女からどうしてもと言われ、好意を受けることにした。もっとも、魅力的な未亡人とひとときを過ごせることに、胸がはずんでいたのは否めない。

　とは言え、べつに下心などは持っていなかった。

「今日は本当にありがとうございました」

　瀟洒《しょうしゃ》な洋食屋で向かい合い、育美はあらためて礼を述べた。

「いえ、そういうのはもうやめませんか。そんなに頭を下げられたら、かえって心苦しいです」

「だけど、わたしはとてもうれしかったんです。それに、ようやく救われた気がしましたから」

　彼女は恥じらうように目を伏せた。

「わたし、夫を亡くしてから、ずっと気持ちが沈んでいたんです。何もかも意味がないように思えて……自分だけがどうして生きているのか、疑問に感じたこともあったんです」

「そうだったんですか……」

「でも、今日は本当に楽しくて、時間があっという間に過ぎてしまいました。あんなに笑ったのも、夫を亡くしてから初めてだったんです」

　それだけ充実したひとときを過ごせたのだとわかり、圭一は（よかった）としみじみ思った。少しでも悲しみやつらさを癒やせたのなら、計画した甲斐があったというもの。

「あ、そうだ。うちの時田マネージャーが言っていたとおり、今後もステージに立っていただけるようでしたら、是非ともお願いします。次からはちゃんとギャラをお支払いしますから」

育美の歌を気に入って、真知子がスカウトしたのである。みのりは、『うーん、ライバル登場かぁ』と渋い顔を見せたが、育美を持ちあげるためにわざと言ったのだ。

「ええ……ありがとうございます。仕事の都合がつけば、わたしもまた歌わせていただきたいです。毎週というのは無理かもしれませんけど」

「そうですよね。せっかくのお休みが潰れて、お疲れになっても困りますし」

「いいえ。子供たちとふれあえば、かえって元気が湧いてきますから」

昼間のことを思い出したのか、育美が白い歯をこぼした。

「あの年頃の子供たちって、いいですよね。素直だし、歌も元気に歌ってくれて。自分の子供じゃなくても、可愛いって思います」

「そうですよね。山里さんも、まあ、今はまだ無理でしょうけど、いずれはご自分のお子さんがほしくなるんじゃないですか？」

口にしてから、立ち入った質問だったかもと後悔する。しかし、

「ええ……そうですね。あのひとも、天国でそれを望んでいると思います」

前向きな言葉が出て安心する。悲しみが消え去ることはなくても、いずれは新しい生活に踏み出せるのではないか。

すると、育美が探るような眼差しで首をかしげた。

「そう言えば、どうして藪野さんは、わたしにここまでしてくださったんですか？　夫を亡くしたことに同情してくださったのかなと思ったんですけど、何かそればかりでもないような気がして」

事実そのとおりだったから、圭一はドキッとした。おっとりしているようで、なかなか鋭い。

「いや、まあ、それは……」

すぐに答えられなかったのは、決して彼女に邪な思いを抱いていたからではない。自身のプライベートに関わる理由だったからだ。

けれど、ここまで来たら正直に話すより他ないと、打ち明ける決心をする。おそらく、育美ならわかってくれるだろうから。

「実は、罪滅ぼしの気持ちからなんです」

「え、罪滅ぼし？」

「もちろん、山里さんへのっていうわけじゃないんです。まあ、誰かの助けになることで、自分のやらかしたことの罪を軽くしたかったというか」

未亡人が、合点がいかないふうに眉をひそめる。こんな曖昧な言い方では理解できまいと、圭一もわかっていた。

「おれが離婚して、妻や子供とずっと会っていない話をしましたよね？」

「ええ」

「正直、別れたあとは、妻のことをずいぶん恨みました。いや、ほんの少し前まで、ずっとそうだったんです。会社が倒産したあとも、ここまで落ちぶれたのはあいつのせいだなんて、理不尽なことを考えていました」

育美が無言でうなずく。そんな身勝手なと、責める眼差しを向けられていないことに、圭一は安堵した。

「だけど、だんだんわかってきたんです。自分の足りなかった部分が。あの遊園地で働きだしてから、おれは色んなひとから助けてもらって、誰かのために生きることの大切さを知りました。それまでは、自分のことしか考えていなかったんです。あと、たくさんの親子連れを見る中で、父親として、それから夫として欠けていたものも見えてきました」

「そうですか？　藪野さんは、いいお父さんだったんじゃないかなって思いますけど」

「そうありたかったんですけど……まあ、娘には、精一杯のことをしていたつもりでいました。だけど、妻にとっていい夫だったのかと考えたら、決してそうじゃなかったんです。むしろ、足りないことが多かったんだとわかりました」

圭一はひと息つき、自虐的に笑った。

「別れる前に、妻が言ったんです。わたしのことを愛してないんでしょうって。そのときは、何を言ってるのかって腹が立ったんですけど、それはつまり、自分が妻とちゃんと向き合ってなくて、彼女の気持ちを少しも考えてなかったからなんです。特に娘が生まれてからは、妻ではなく母親になってしまって、ひとりの女であることを忘れていたんですよ」

女はいくつになっても、あるいは、どんなに幼く感じられても女であることを、圭一は真知子やみのり、幸江から教えられた。特に、人妻のふたりと交わったことは大きかった。

彼女たちは、一時の快楽を求めていたのではない。精一杯女であろうとしたのである。欲しかったのは単なる快楽やペニスではない。女としての自分を取り戻したかったのだ。

そのことを悟ったとき、別れた妻の献身的なところが見えてきた。

どんなにセックスレスになっても、彼女は他の男を求めなかった。おそらく、今もそうに違いない。

彼女が欲しかったのは肉体の交わりではない。伴侶であるはずの男そのものなのだ。なのに、圭一は娘のことしか眼中になく、寂しい思いをさせてしまった。

だからこそ、あんな言葉が出てきたのだ。

『あなたはもう、わたしのことなんて愛していないんでしょ？——』

あれは非難でなく、絶望だったのだと今はわかる。どうして理解してあげられなかったのかと、悔やんでも悔やみきれない。

亡き夫の影を求める育美に、圭一は無意識に妻の姿を重ねた。だからこそ放っておけなかったし、それこそ罪滅ぼしのつもりで、彼女を助けようと思ったのだ。

もちろん、そんなことで許されるわけがなかったけれど。

ただ、そこまで育美に話すことはためらわれた。

「だから、妻に優しくできなかったぶん、山里さんを助けてあげようと決めたんです」

端折《はしょ》った説明にも、育美はすべてを理解したみたいに大きくうなずいた。そこへ、注文した料理が運ばれてくる。

「あ、少し飲みませんか？」

未亡人に言われ、圭一は「はい」と同意した。すぐにグラスワインが運ばれてくる。

「それじゃ、乾杯」

彼女がグラスを前に出す。それに自分のものをカチンと軽く合わせてから、圭一は葡萄色の液体に口をつけた。

そして、同じようにひと口飲んだ育美が、真っ直ぐに見つめてくる。

「……藪野さんは、まだ間に合いますよ」

「え？」

「だって、奥様はまだ、生きてらっしゃるんですから。もう一度やり直すべきだとは言いませんけど、せめてお会いになったらいかがですか？　そうすれば、お嬢さんも喜ぶと思いますよ」

それはたしかにそのとおりである。だが、すでに別れて一年も経つのだ。今さらどの面さげてという気持ちが強かった。

「だけど、向こうは新しい生活に慣れてしまったでしょうし、おれなんかが現れても困るだけですよ」

「そうでしょうか。わたしは、そうは思いませんけど」

やけにきっぱりと言われたものだから、何か確信があるのかと首をかしげる。

「どうしてそう思うんですか?」

「根拠はないんですけど、藪野さんを見ているとわかるんです。奥様は、今もまだ待っていらっしゃるって」

所謂《いわゆる》、女の勘というやつなのか。そうであってほしいという気持ちは圭一にもあるけれど、縋るには少々心もとない。

「信用できませんか?」

訊ねられ、圭一は戸惑いを浮かべつつワインに口をつけた。それから、

「そういうわけじゃないんですが、でも……」

と、どっちつかずの返答をする。

「じゃあ、会いに行く勇気が出ないとか?」

むしろ、そのほうが理由としてしっくりくる。

「そうですね」

圭一はうなずいた。

「でしたら、今度はわたしが、藪野さんのお手伝いをします」

「え？」

「わたしにも、お礼をさせてくださいな」

にこやかに言われ、「はあ」と相槌を打つ。ひょっとして、妻の実家までついて行ってくれるのかと、あり得ないことを考えた。

（いや、そんなことになったら、かえってこじれるばかりだぞ）

さすがにそれはないなと考え直したところで、

「さ、食べましょう」

育美に声をかけられる。

「ああ、はい」

「ワイン、おかわりしてもいいかしら？」

「え？」

いつの間にか、彼女のグラスは空になっていた。頬がほんのり赤らんでいるのは、少し酔ったからか。

滲み出る色気に、育美を真っ直ぐ見られなくなる。圭一はどぎまぎしながら、

「ええ、どうぞ」と答えた。

「ありがとう」

目を細めて微笑した未亡人が、眩しくてたまらなかった。

3

洋食屋を出て、ふたりはホテルに入った。それも、派手なネオンがきらめく、目的が限定されたところへ。

圭一が誘ったのではない。育美が先導したのである。

彼女は食事をしながら、ワインを三杯空けた。あれは、ラブホテルに入る度胸をつけるためだったのか。

そんなことを考えながら、圭一は所在なくベッドに腰掛けていた。

バスルームから水音が聞こえる。育美がシャワーを浴びているのだ。

（いいんだろうか……）

ためらいを禁じ得ないのは、彼女は亡き夫を忘れていないし、今でも愛してい

るとわかっているからだ。なのに、どうしてからだを許そうとしているのか。

(これもお礼のつもりなのか?)

それならば、食事だけで充分なのに。いくら気がすまなくても、肉体まで与えるのはやり過ぎだ。

もっとも、それればかりが理由ではないようにも思える。

水音がやむ。間もなく、裸身にバスタオルを巻いた育美が戻ってきた。

「お待たせしました」

あらわになっているのは胸元から上と、太腿から下のみだ。なのに、心臓が不穏に高鳴るほど色っぽい。白い肌はピンクに染まり、ところどころに残った水滴のきらめきが見えた。

目許と頬も、恥じらいに赤らんでいる。彼女は小走りにそばへ来ると、圭一のすぐ隣に腰を下ろした。

ボディソープの甘い残り香に、頭がクラクラする。とても平常心でいられなくなり、圭一は立ちあがろうとした。

すると、育美が腕に縋って引き止める。

「……軽蔑しますか?」

問いかけに、何も言葉が出てこない。もちろん、軽蔑などしていなかったのであるが、違うと答えても信用されない気がした。

「わたし、今でも夫を愛してるんです」

これには、すぐに「ええ、わかります」とうなずく。すると、彼女が安堵の面持ちを見せた。

「だけど、ときには誰かにそばにいてもらいたくなるときがあるんです。何も言わず、ただ抱き締めてほしいって、そんなふうに考えることもあります。わたし……強い女じゃありませんから」

正直な告白に、情愛がこみ上げる。圭一は咄嗟に柔らかなボディを抱き締めた。

「ありがとうございます……これがほしかったんです」

お礼の言葉が温もりと一緒になって、胸に染み渡ってくる。ふたりとも間違ったことはしていないと、理由もなく確信できた。

「……わたし、嘘をつきました」

「え？」

「さっき、お店で、藪野さんが奥様に会うお手伝いをしたいって言いましたけど、あれは嘘なんです。ただ、わたしが藪野さんから、こんなふうにいっしょにいてもらいたかっただけなんです」

いや、それこそが嘘なのだと、圭一はわかった。

(山里さんは、おれに勇気を与えているんだ)

こうして胸に縋ることで、別れた妻も同じだと教えているのだ。こんなふうに抱き締めてもらいたがっていると。

残念ながら、圭一には確信が持てなかった。妻に詫びたい気持ちはあるものの、とっくに愛想を尽かされているに違いないと思ってしまう。

それでも、育美の体温と鼓動を受け止めていると、そんなことはないのかもしれないという気になってくる。

彼女が顔をあげる。潤んだ瞳を間近に見て、圭一の胸を甘美な衝動が衝きあげた。

「……抱いて」

言われるなり、ふっくらした唇を奪っていた。

くちづけを交わしたまま、ベッドに倒れ込む。舌を深く絡ませ、甘い吐息と唾液をうっとりと味わう。

(山里さんとキスしてるんだ)

実感することで、脳が痺れる心地がした。初めて会ったときの悲しげな表情を思い返すと、今の状況がとても信じられない。

けれど、しっかりと抱いた女体は、紛れもなく彼女なのだ。

もはや迷いはない。圭一がバスタオルをはだけると、ほんのり湿った裸身がイヤイヤをするようにくねった。

「――ね、藪野さんも」

唇をほどき、育美が願いを口にする。

「わかりました」

圭一はいったん身を剝がすと、着ているものを慌ただしく脱いだ。素っ裸になり、同じく一糸まとわぬ未亡人と再び抱き合う。

そのとき、シャワーを浴びたほうがいいかなと、頭の片隅で考える。なのに、そうしなかったのは、離れるあいだに彼女がどこかへ行ってしまう気がしたからだ。

それに、なめらかな素肌が官能的で、このままずっと撫で回していたかった。

牡のシンボルが情欲を滾らせ、力強く自己主張する。育美の下腹に押しつけられることで、随喜の粘液をこぼした。

そこに、柔らかな指が絡みつく。

「むふぅ」

快さが広がり、圭一は太い鼻息をこぼした。緩やかにしごかれることで、腰をくねらせずにいられなくなる。

ならばと、こちらも秘苑にふれようとしたとき、艶腰がすっと逃げた。圭一はベッドに仰向けにさせられ、彼女だけが身を起こす。

ピンとそそり立つ肉根を、育美は両手で包み込むように握った。

「すごいわ……こんなになって――」

懐かしむような眼差しで見つめ、ほうとため息をつく。

亡くなった夫のものと比べているのだろうか。圭一は居たたまれなさを覚えた。

だが、彼女が屹立に顔を近づけたものだから、大いに焦る。

(しまった。シャワーを浴びておけばよかった)

後悔してもすでに遅い。赤く張り詰めた亀頭のすぐそばに、かたちの良い鼻梁があった。

そして、小鼻がふくらむ。

「……匂いは同じなのね」

つぶやきに、頬が熱くなる。やはり夫のものと比べていたのだ。それも、生々しい臭気を。

おまけに、育美はためらうことなく、ふくらみきった頭部を口に含んだのである。

「くううッ」

背徳感を伴った愉悦が、腰の裏を気怠くさせる。ところが、申し訳ないという気持ちは、敏感な粘膜を舌が這い回ることで薄らいだ。

「ん……んふ」

こぼれる鼻息が、筒棹の根元に生える陰毛をそよがせる。それにも、無性にゾクゾクした。

(おれ……山里さんにしゃぶられてる)

尻が浮きあがり、すぐにすとんと落ちる。悦びにひたってその動作を繰り返す圭一であったが、一方的に奉仕されるままではいけないと気づいた。

(おれも山里さんのを――)

頭をもたげ、うずくまった彼女の足首を、手をのばして摑む。

育美は秘茎を咥えたまま、驚きの顔を向けた。けれど、圭一が何を求めているのか理解したらしく、戸惑いを浮かべる。

「おれも、山里さんを気持ちよくしてあげたいんです」

上に乗るよう促したものの、女らしい下半身はなかなか動こうとしない。それでも根気よく求めることで、成熟したヒップが向けられた。

ただ、さすがに男の顔を跨いでのシックスナインは、恥ずかしいようだ。

ならばと、互いに横臥したかたちで、性器を舐め合うように仕向ける。それにも彼女は抵抗を示したものの、最終的に圭一は、どうにか秘められたところと対面することができた。

（これが山里さんの――）

しっとりした内腿を枕にして見つめる華芯は、楚々としたという形容がぴったりの、控え目な佇まいであった。

秘肉の合わせ目は、叢《くさむら》が薄いためにほとんど隠れていない。色素の沈着もあまり見られず、花弁のはみ出しも小さかった。

それでいて、クレバスが淫らに濡れ光っている。シャワーを浴びたはずなのに、ボディソープよりも濃厚な、女の匂いが感じられた。

（山里さんも、したくなっているんだ）

情欲をあらわにした光景に、かえって愛しさが募る。彼女もひとりの女性なのだと、当たり前のことを胸に刻みつけ、圭一はもうひとつの唇にくちづけた。

「ンふっ」

育美が内腿をピクッと震わせる。対抗するつもりなのか、強ばりを吸いたてたものの、舌が恥割れ内に侵入するとたちまち乱れだした。

「んん、ン――ふはッ」

とうとうペニスを吐き出し、下半身をワナワナと震わせる。開いていた腿を閉じ、圭一の頭を強く挟み込んだ。

「あ、あっ、ダメ」

硬い筒肉にしがみつき、呼吸を荒ぶらせる。女芯も慌ただしく収縮した。

さらに、甘い蜜をじゅわっと溢れさせる。

(かなり感じやすいみたいだぞ)

クンニリングスに抵抗を示したのは、はしたなくよがるところを見られたくなかったからではないのか。実際、敏感な尖りを狙って吸いねぶると、反応はいっそう顕著になった。

「イヤイヤ、あ、そこは弱いのぉ」

弱点であることを自ら白状し、横臥した腰をくねらせる。もっとも、圭一の頭を内腿に挟んでいるから、ほとんど動けないようであった。

それをいいことに、包皮を脱いだ秘核をチュッチュッとついばむ。

「くはッ、あっ、ダメぇ」

なまめかしい声を張りあげ、育美はすすり泣いた。敏感すぎて、気持ちいいけど苦しいという様子だ。

あまり強くすると可哀想かと、優しい舌づかいに徹する。すると、多少は落ち着いたらしい。再び亀頭を口に含み、舌をねっとりと絡みつかせてくれた。

(気持ちいい……)

快さにひたり、上側の膝を立てる。倒したPの字のかたちに脚を開き、股間を開放した。陰嚢も愛撫してほしかったのだ。

願いが通じたのか、彼女がペニスから口をはずし、股のあいだに頭を入れる。

なんと、快感でキュッと縮こまった牡の急所に、唇をつけたのである。

さらに、舌を出してチロチロと舐めくすぐる。

(ああ、そんなことまで――)

さわってほしかっただけで、舐めることまでは望んでいなかった。何より洗っていないし、蒸れた匂いを漂わせているに違いないのだから。

クンニリングスを中断できず身悶えるあいだに、育美は厭うことなく、シワ袋を丹念にしゃぶってくれた。全体に温かな唾液を塗り込めると、汗じみた鼠蹊部にまで舌を這わせる。

同じことはみのりにもされた。ただ、あのときは育美のことを話すよう責めを受けていたのであり、ほとんど弄ばれているも同然だった。

居たたまれないのは同じでも、今は不思議と身を任せられる心地がする。慈しむような舌づかいに、下半身全体が甘美な快さにまみれた。

そして、下腹にへばりついていた秘茎にも指が回り、巧みにしごかれる。

(う、まずい)

性感が急角度で上昇し、圭一は焦った。このままでは早々に昇りつめてしまいそうだったのだ。

ならばと、頭を深く突っ込んで、会陰を舐める。くすぐったかったようで、股の力が緩んだ。

それを逃さず、圭一はふっくらした臀部を割り広げると、谷底のアヌスに吸いついた。

「あ、ダメ」

育美がすぐに察して腰を引く。牡の股間からも口と手を離した。おかげで、爆発の危機を脱する。

「へ、ヘンなところを舐めないでください」

顔を真っ赤にしてなじられ、圭一は素直に「すみません」と謝った。羞恥をあらわにする未亡人に、胸をときめかせながら。

「もう、舐めるのはいいですから、ね——」

彼女は仰向けになると、両手を差し出して挿入を求めた。またおしりの穴をターゲットにされたくないと思ったのだろう。

(もうちょっと舐めたかったのにな)

ほんの一瞬、口をつけただけだったのが心残りだ。けれど、無理強いをしたら嫌われるかもしれず、ここは我慢する。

出るところの出た女らしい裸身に身を重ねると、育美がしがみつくように抱きついてくる。愛しさに駆られてくちづけると、情熱的に舌を絡めてくれた。

唾液を飲み合いながら、腰をぶつけ合う。自然と交わる態勢になり、強ばりきった肉槍の切っ先が、濡れた恥割れを捉えた。

唇が離れる。ふたりのあいだに繋がった透明な糸を、彼女が舐め取った。

「……挿れてください」

濡れた目で見つめられ、心臓の鼓動が大きくなる。

「わかりました」

うなずいて、圭一はゆっくりと腰を進めた。熱い潤みの中へと、分身を沈ませる。

「あ、あ――」

首を反らした育美が二の腕を摑み、指を喰い込ませる。夫が亡くなってから、ずっとしていなかったに違いない。苦痛を与えぬよう、注意深く動いた。

ふたりの陰部が重なると、彼女は「はあー」と大きく息をついた。

「いっぱい……」

つぶやいて、やるせなさげに腰を揺する。内部がキツくすぼまり、侵入物の感触を確かめるみたいに蠢いた。

「ああ」

快感が全身に染み渡り、圭一も喘ぐ。柔ヒダがまといつく肉棒が、雄々しくしゃくり上げた。

「わたしたち、しちゃいましたね……」

育美の言葉にハッとなる。吐息を小さくはずませる彼女は、どこか憂いを帯びた顔つきだ。

(ひょっとして、後悔してるのか?)

罪悪感がこみ上げ、圭一は「すみません」と謝った。すると、未亡人がきょとんとした顔を見せた。

「え、どうしてですか?」

「いや……後悔しているのかと思って」

「そんなことないですよ。ただ——」

「ただ?」

「いえ……わたし、むしろうれしいんです。だって、藪野さんとしていても、今もわたしの中にいるのは、あのひとなんです」

どういう意味なのかと、圭一はすぐに理解できなかった。ただ、彼女が自分とのセックスを後悔していないのは、間違いないようだ。

「ね、動いてください」

ねだられて、腰を前後に動かす。肉の猛りが蜜窟からはみ出し、また中へ戻った。

「ああん」

育美が喘ぎ、悩ましげに眉根を寄せる。最初は違和感があったようだが、抽送を続けることで表情が蕩けてきた。

「ああ、あなた」

感極まった声にも励まされ、腰の動きが速くなる。おそらく亡き夫を思い出しているのだろうが、気にせず深く突き入れた。

「きゃんッ」

甲高い声に、圭一はふと、昼間の彼女の歌を思い出した。あのときみたいに、澄んだ綺麗な声だったのだ。

だが、熟れたボディは、子供たらとのふれあいとは異なる歓喜にまみれている。

「いいわ、いい……もっとぉ」

はしたなくよがる未亡人に煽られて、抽送のストロークが大きくなる。

(こんなにいやらしい声を出すひとだったなんて)

初対面の清楚な印象とは、著しく異なる。けれど、正直なところを見せているのだと考えると、悪い気はしなかった。それだけこちらを信頼しているということなのだから。

ペニスのリズミカルな出し挿れで、女芯が粘っこい音を立てる。内部の温度も徐々に上がっているようだ。

「あ、もう、イキそう」

育美が息を荒くする。いよいよ頂上が迫ってきたらしい。圭一もまた、危うくなっていた。

「おれも、もうすぐです」

告げると、彼女が迷いを浮かべた。

「ご、ごめんなさい。中は……」

ザーメンを注がれるのは、亡き夫に申し訳ないと思っているのか。あるいは、妊娠の危険があるのか。どちらにせよ、押し切ることはできない。

「大丈夫です。ちゃんと外に出しますから」

「ごめんなさい。あ、もう――」

女体がうねうねと波打ち、膣が奥へ誘い込むように蠕動する。

「あ、イクの、イク……くうううッ！」

育美は背中を弓なりに浮かせ、裸身を強ばらせた。締めつけが強まり、圭一は爆発寸前だった。

（く……まだだ）

どうにか堪え、彼女が脱力するのを見計らって分身を引き抜く。脈打つものを柔らかな下腹に押しつけると同時に、牡のエキスが撃ち出された。

びゅるッ――ドクドクっ……。

ふたりのあいだに飛び散った白濁液が、濃厚な青くささを漂わせる。育美もそれを嗅いだのか、悩ましげに眉をひそめた。

圭一は彼女から離れ、隣に仰向けで寝そべった。

ふたりの息づかいが倦怠を奏でる。白い肌を汚した精液を拭いてあげなければと思いつつ、長引くオルガスムスの余韻が、それをさせてくれなかった。

すると、育美がそっと手を握ってくる。

「……大丈夫ですよ。きっと会えますから」

それが離婚した妻とのことだと、すぐに理解する。圭一はうなずく代わりに、柔らかな手を強く握り返した。

＊　　＊

翌週、二日連続の休みが取れた。

圭一は朝から、北関東へ向かう電車に乗っていた。行き先はもちろん、別れた妻の実家である。

訪れることは、昨日のうちに連絡しておいた。メールで【明日、行くから】と簡潔に伝えると、程なく、

【待ってるわ】

と、これまた簡単な返信があったのである。

平日だから、娘は学校である。ただ、夕方までいることを許されれば、そして、一泊してもいいと言われれば、久しぶりに親子の時間を持つことができる。

ただ、不安はあった。娘は前のように、パパと慕ってくれるだろうか。

それに、離婚して以来、妻の家族と会うのも初めてだ。どんな顔をされるのか、何を言われるのかと考えると、正直、胃が痛くなる。

しかし、どうしても行かねばならない。

（とにかく、あいつに謝らなくちゃ）

自分の至らなかった点を認め、悪かったと伝えねばならない。それで許してもらえるとは思わなかったし、また、よりを戻せるとも期待していなかった。

実のところ圭一自身、復縁したい気持ちがあるわけではない。ただ、非をちゃんと認めなければ、前に進めないのだ。

（頑張らなくっちゃ……）

妻子のために。それから、自分に関わってくれたひとたち、キッディーランドの真知子やみのり、幸江、それから、後押ししてくれた育美のためにも。

一人前の男として、人間として、成長しなければならない。

電車に揺られ、車窓から外の景色を眺めれば、暖かな日射しが田園を照らしている。時おり屋根や窓に反射する光に目を細めながら、圭一は深く息を吸い込んだ。

＊この作品は、書き下ろしです。また、文中に登場する団体、個人、行為などは実在のものとはいっさい関係ありません。

二見文庫

人《ひと》妻《づま》遊《ゆう》園《えん》地《ち》

著者　橘《たちばな》　真《しん》児《じ》

発行所　株式会社 二見書房
東京都千代田区三崎町2-18-11
電話 03(3515)2311［営業］
03(3515)2313［編集］
振替 00170-4-2639

印刷　株式会社 堀内印刷所
製本　株式会社 村上製本所

ISBN978-4-576-16070-2
http://www.futami.co.jp/

二見文庫の既刊本

女教師の相談室

TACHIBANA, Shinji
橘 真児

中学校に、心理カウンセラーとして赴任した翔子は保健室と連動した「心の相談室」を設けることにした。だが、訪れる生徒の相談の奥に垣間見えるのは「性への好奇心」。それを目のあたりにすることで、彼女の中に潜む情欲が刺激され、生徒や同僚を巻き込んで性の快感を追求し続けるのだが――。人気作家による青い学園官能の傑作！

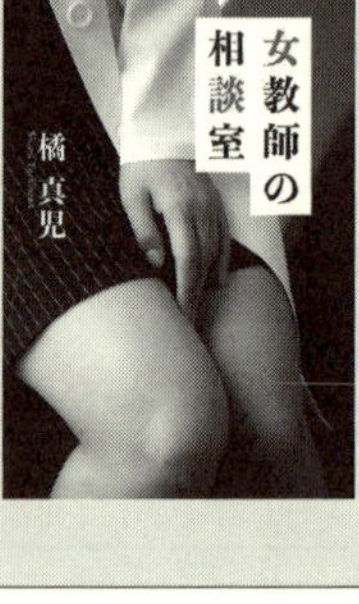